追放されたお荷物テイマー、
世界唯一のネクロマンサーに覚醒する
2
～ありあまるその力で自由を
謳歌していたらいつの間にか最強に～
JN101874

Illustration
日向あずり

「で、そいつがその、ドラゴンゾンビだったやつってわけか」

『きゅー！』

ギレンがそう言うと元気にアールが返事をした。

ドラゴンゾンビのときには人から忌み嫌われ、あるいは人を嫌って行動しているように見えていた。だがその反動だろうか？　何故かいまは人懐っこい声で可愛く鳴いていた。

元々邪竜だったんだよな？　こいつ？

面影もないくらい邪気の抜けた顔付きをしている。

「まあこの見た目なら心配いらねえが、これも公にしねえ方が良いだろうな」

「だろうなぁ」

竜の墓場のドラゴンゾンビが幼竜としてネクロマンスされているなんてわざわざ言ったところでどの程度の人間が理解して、信じてくれるかわからない。

わかるものにだけわかればいいだろう。そのあたりの匙加減を丸投げする意味でもこうしてギレンに見せている部分があるしな。

「隠し事が増えちまってわりぃが」

「ギレンのせいじゃないだろ」

そもそもはや、ミルムのことは公然の秘密のような形になっているわけだ……。ミルムがただものでないことは一目にわかるわけだし、特徴を考えていけば自ずと答えにたどり着く。

まあそれも含めて、ギレンの——冒険者ギルドの思惑なんだろうけどな。

「ああそういえば」

考え事をしていたら一つ伝えていなかったことを思い出した。

「一つだけ追加情報だ。森での戦闘中、悲鳴が聞こえた。誰か巻き込まれてる」

「なんでまたあんな場所に……詳細はわかるのか？」

「いや、俺とミルムがスキルを使っても見つからなかった。多分だが、竜のブレスの性質上、呑み込まれた人間はそのまま……」

木々が消失していたのだ。

人間が巻き込まれていれば跡形もなくなっていたって不思議ではなかった。

森に向けて広域化したネクロマンスを使っても反応がなかったのを見るに、おそらく一瞬で魂ごと持っていかれたのだろう。

「恐ろしいな……改めてこっちまで来ねえで良かったと思うぞ」

ギレンが言うのはもっともだろう。

その点は本当にそうだった。

「あとは報告の通りだ」

「わかった。今回の報酬だが……ああその前に、報酬にも絡むんで言っとくか」

「報酬にも絡む……？」

なにかと思っているとギレンの口から予想外の人物の名が告げられた。

「お前ら新Sランクパーティーにセシルム卿が会いたいって言ってんだが、どうする？」

突然の大物の登場だった。

「いや……どうするって言われてもな」

「まあ断れねえわな」

「セシルム卿……？」

不思議そうに首をかしげるミルムに説明した。

「セシルム卿は王国の南東部を守る辺境伯だ」

「へぇ……辺境伯……この国の大貴族よね？　たしか」

「そうだな」

王族を除けばもっとも偉い貴族の一角だろうな。

「で、なんで私たちに会いたいのかしら？」

「まあまずは礼だろうな。今回の竜の墓場の一件はもともとセシルム卿も相当気にしていた話だ。ここらは仮想敵国がいるというよりは魔物の脅威から王国を守ることがメインなのもあってな。予算もほれ、これだけもらってんだ」

ドンッと応接室の高そうな机に無造作に置かれる革袋。

「これまさか……全部金貨か……？」

だとしたらこれだけで今すぐ冒険者をやめても一生なんとかなるだけの金額だ。

だがギレンの口からは信じられない言葉が出てきた。

「いいや。一部虹貨だ」

「虹貨!?」

一枚で金貨百枚に相当するもんだぞ!?

生きているうちにお目にかかることになるとすら思っていなかった。

「それだけ今回の件は大きかったってこった。そもそもセシルム家はあのドラゴンゾンビの相手をするためにいたようなもんだったからな。あいつがいなくなりゃ政治の上手いセシルム卿の身内も王都に拠点を移せる。それを思えばこのくらいの金額は、まあ大したことはないのかもしれんな」

生きる世界が違いすぎて全く何も頭に入ってこなかった。

「と、いうわけだ。まあ悪い話にはならんだろう。行って来い」

「わかった」

俺が答えるのを待つようにこちらを見ていたミルムも続ける。

「よくわからないけどわかったわ」

「ミルムにとってもいいことがあるだろうよ」

一応次にやることが決まったな。

辺境伯家は竜の墓場と同じくらいの距離があるが、今回はアールという移動手段もある。

急に行っても迷惑だろうということで一週間休暇を取ってから向かうことになった。

二話　休暇

「ということで、この金どうする？」

【宵闇の棺】にしまい込まれた金額はもはや、二人の冒険者で抱え切るにはあまりに大きすぎるものだった。

出来れば押し付けたいという意図を持ってミルムに尋ねたが、返ってきた言葉はシンプルだった。

「あって困るものではないでしょう？」

「それはそうなんだが……」

ミルムと俺とではどうやら感覚が違いすぎるらしい。

完全に持て余して気が気じゃない俺とはまるで考えていることが違っていた。

「いまは個人でしか使わないかも知れないけれど、それが人を動かすときの金額というわけだから、いずれ必要になるわよ」

「俺に人を動かすようなときがあるとは思えないんだけどなぁ……」

俺は何をするんだ一体……。

「ああでも、ミルムの国を復興させるのは出来るか」

「えっ!?　い、いいわよそんなことはっ！」

パタパタと慌てだすミルム。

「あとは両親に会いたかったりは、ないのか？」

「会ってみたい気持ちはあるけど、そんなに優先順位は高くないわよ。それこそ、貴方が死んでからでも十分すぎるくらいに時間はあるのだから」

「なるほど……」

不死のヴァンパイアとただの人間じゃあそのあたりの考え方は変わってくるわけか。

「じゃ、俺が死んだらこの金はミルムが受け取ってくれ」

「死ぬまでに使い切れるようにしましょう」

「結構大変だな……」

金額が金額だ。

豪遊し続けたってこんな大金の使い道を俺は知らなかった。

王都に豪邸でも建てれば一発で吹き飛ぶだろうがそもそも王都に縁もないからなぁ……。

「貴方はせっかくお金が入ったならまず、ネクロマンサー用の装備を整えたらどうかしら？」

「ネクロマンサー用なんてあるのか……？」

ユニーク職種ということはどこかの職人に頼むか、このマントのようにダンジョンでの取得を狙うかという話になるのだろうか。

「まあ……正確には闇魔法のための装備、ね」

闇魔法のための装備……か。そう考えると少し範囲が広がるかも知れない。

マントもそうだがオーソドックスに杖や、指輪などの装飾品、あるいは占い師と同じような水晶玉を媒体に魔術を使うというのもいたな。

それにしてもこのマントがダンジョンで得られたのは大きかったな。ネクロマンサーに合う神具なんてこうして考えると探したって売っていないのだから。

「そのマントだって、知らない能力が隠されていたりするかもしれないわよ」

「そうなのか？」

「おそらくだけど、ね。まあそういう規格外の性能を持つものを順に揃えていくというのも良いけれど、今はそれ以前に、買える範囲で装備を整えたほうが良いんじゃないかしら」

「なるほど」

このマントは自身の闇魔法適性を高める上、使い魔の可視化、不可視化をコントロール出来る、というのが把握している性能だが……。

まあ神具というくらいだからそれだけでなくとも不思議ではないだろう。ミルムもそれを肯定した。

「神具級の力を感じるのだからもう少しあるでしょうね。それが何かまでは今はわからないけれど」

「ミルムでもわからないのか」

「私だってなんでも知っているわけじゃないわ。むしろ今の世界のことは何も知らないと言っても良いくらいよ」

「そういう風には見えないんだけど、そんなもんか」

「ええ、そんなものよ」

ずっと部屋にいたんだもんな。

だが本当に、一切そうとは思わせないのがミルムのすごいところだった。

「ミルムの装備はいいのか？」

「私はこれよりいいものを揃えるならダンジョンを周らないと無理ね」

「ダンジョン、か」

最後に潜った、運命の分岐点となったあそこを思い出していると、ミルムの口からもその場所の名が告げられた。

「近くに神滅のダンジョンがあるでしょう？」

懐かしさすら感じる名前だった。

今考えればあそこから始まったともいえる場所でもある。

フェイドたちに裏切られ、レイが死に、俺がネクロマンサーになった場所。

出来ればあまり行きたくはない場所だった。

「八階層のボスはドラゴンゾンビだし、そこまでならいけるわよ」

「もうドラゴンゾンビと戦いたくはないんだけどな……」

「考え方を変えたほうがいいわね。次はドラゴンゾンビと戦っても無傷でいられる準備をしておく。そうしないと、あれより強い相手にあたったときに為す術（すべ）もなく死ぬわよ」

「平和に暮らしたい……」

「無理ね」

断言されてしまった。

どうして……。

いやでもまぁ、ミルムと一緒にいればあれ以上の相手との遭遇というのもまあ、なくはないのだろうと思ってしまう部分があるのも事実だった。

「あのダンジョンを八階層まで行ければ武器には困らないと思うけど」

「じゃあ次の目的地はそこか……？」

備えておいて損はない……ということだろう。

五階層でも神具級の装備だったのだから、その先も確かに少し、楽しみな部分はあった。

あそこに行くのはそれなりの覚悟がいるけどな……。

「まあ、あそこじゃなくてもダンジョンはいくらでもあるわ」

「それもそうか」

「そもそもダンジョンに行こうと思えば準備も必要だし、結局今の時点で揃えられるものを揃えたほうが良いことは確かかよ。というより、貴方のそれって装備というより全部本当にただの布よね……」

「服って全部ただの布じゃないのか……？」

「何のために貴方たちは素材を集めていたのかしら……。ほとんどの武器や防具には、魔物の素材を組み込むことで魔法的な加護を与えられているの。貴方くらいよ、ギルドでただの布をまとっていたのは」

「ええ……」

そうだったのか。

まあ装備を買い揃えるときは俺だけ荷物番をしていたから、全部フェイドに任せきりだったんだよな……。

それでもある程度のものは身につけていると思っていたんだが……。

「まずはそれを整えるところからね」

「防具を揃えるならアレイドの街に出たほうがいいか」

付いて行っていただけだが、フェイドたちがいつも装備系の買い物はそこでやっていたのでそこが良いんだと思う。

「私はその辺りはわからないけれど、行きましょうか」

本来は歩いて三日はかかる場所だが、今の俺たちには安定した移動手段があるからな。

「行けるか？　アール」

『キュルッ！』

凛々しく返事をするアールを撫でると気持ちよさそうに目を細める。

そしてレイも同じように撫でろと頭を押し付けてくるので相手をしてやった。

そしてもう一匹……。

「もうこの状況で遠慮すんなよ」

物欲しそうな顔をしていたエースをポンポンと軽く叩くと満足げな表情になっていた。

「精霊体の子に乗るのはなんか、新鮮ね」

「でも意外と乗り心地はいいな」

「そうね」

『キュルルー』

ミルムがアールを撫でると気持ちよさそうに鳴く。

二人乗りのサイズとはいえミルムとは密着するほどの距離になる。俺が前になったので微妙にふにふにと柔らかい感触を背中に感じていた。

「これなら本当にあっという間ね」

特に気にする素振りのないミルムが言う。

その言葉通り、アールは凄まじいスピードでアレイドの街へ向かって飛んでいた。

「待って」

「うお!?」

ミルムが突然アールを止める。

あまりの急停止に驚くが、ミルムが慌てて止めた理由が分かり納得した。

「襲われてるな……」

「商人と、護衛と……どうする？」

「ミルムから見て助ける必要ありか？」

もちろんこのまま放置して死んだりすれば寝覚めが悪いので助けたいことは助けたい。

ただ商人がこんなところにいる時は、必ず誰かしら護衛を雇うはずだ。

その仕事を奪う必要があるかどうかについては、慎重に見極める必要があった。

「どう見てもあの護衛じゃ手に負えないわね」

言うが早いかミルムはアールのもとから飛び降りて現場へ向かっていた。

「場合によっては見えない状態でお前らになんとかしてもらえばいいと思ってたけど……まあいいか」

頼れる相棒であるアールを撫でて俺もミルムを追いかける。

いつでもレイとエースが出られるよう、【宵闇の棺】を準備しながら飛び降りて、空中で【黒の翼】を展開した。

「うぇっ!? なんで空から人が!?」

驚いた表情でこちらへ声をかけてきたのは冒険者たち。護衛をしていたメンバーだろう。

反応した人間は七人だった。

荷車の直ぐ側を見るとすでに負傷して戦線を離脱した者たちも見えることから、人数的に二、三の合同パーティーだったんだろう。

身なりをみても質の悪いパーティーの寄せ集めじゃない。

何より守るべき商隊の規模が大きい。その規模からいってもそれなりの人物だろう。

ということは、それを護っている護衛もそれなりの実力者たちのはずだった。

だがそれが半壊しているわけだ。異常事態と言えた。

「一応聞くけど、助けは必要か?」

「助け……あ! ああ! 助けてくれ! 俺たちはBランクなんだ。まさかこんなところでゴブリンキングが出るなんて……」

「なるほど……」

上からだと何と戦っているのかわからなかったが、ゴブリンの軍と戦っていたのか。

そりゃ手が回らないだろう。

ゴブリンたちは最弱の魔物の一つだが、ゴブリンキングが出てくるとまるで話が変わる。

ゴブリンには上位種が複数存在する。単純に力を増したホブゴブリン、ハイゴブリン。剣士の技術を身に付けたソードゴブリン、魔術を身に付けたマジックゴブリンなど……。

ゴブリンキングは通常のゴブリンたちの力を引き上げ、上位種としたのち、それらを束ねて軍をつくるという性質を持つ。

ゴブリンキング単体の強さでAランク。軍全体を見れば、Sランクパーティーが出てくるような災厄になるケースもしばしばある。

確かにBランク冒険者では骨が折れる相手だった。

「ゴブリンたちの相手は俺たちがやる。そっちは当初の予定通り護衛相手をしっかり守ってくれ」

「いやいやっ！　相手はゴブリンキングの軍だぞ!?　一人でなんて……」

一人……？

ああ、ミルムは直接森に行ったのか……。

「俺は一人じゃないから安心してくれ」

『キュウオオオオオオン』

『グモォオオオオオオ』

二匹が【宵闇の棺】から解き放たれ、挨拶（あいさつ）代わりに叫ぶと森へ飛び込んでいった。

「あんた……いや貴方はまさか……」

「嘘……こんなところで会えるなんて……」

「貴方にならお願い出来ます……！　どうか！　どうかゴブリンたちを！」

「任せてくれ」

どうやらレイとエースは割と有名になっていたようだ。

「じゃ、行くか」

『きゅー！』

「ドラゴンまで!?」

驚く冒険者たちを置き去りにするように、現れたアールに乗って森の中へ駆け込んだ。

森に入って辺りを見渡したときには、すでにほとんどのゴブリンが倒されていた。

「あら、遅かったわね」

ミルムが手刀でホブゴブリンの首を吹き飛ばしながら声をかけてくる。

「辺り一帯血で埋め尽くされてるな……これもう俺のやることないんじゃないか？」

「メインディッシュはちゃんと残してあるわ」

「メインディッシュ……」

他のゴブリンたちとは一線を画するサイズとオーラを持つ大物がいる。

いまはレイと睨み合いになっているおかげで動きはないが……。

「ゴブリンキング……」

溢れるオーラはゴブリンでありながら、並の相手なら相対しただけで気圧されるだけのものがある。

「とりあえず、周囲のゴブリンたちだけ祓ったらどうかしら」

「ああ……」

ミルムに言われて周囲一体に【ネクロマンス】を放った。

——ホブゴブリンのネクロマンスに成功しました。ステータスに反映します
——ホブゴブリンのネクロマンスに成功しました。ステータスに反映します
——ハイゴブリンのネクロマンスに成功しました。ステータスに反映します
——ハイゴブリンのネクロマンスに成功しました。ステータスに反映します
——マジックゴブリンのネクロマンスに成功しました。ステータスに反映します

――ソードゴブリンのネクロマンスに成功しました。ステータスに反映します
――ゴブリナのネクロマンスに成功しました。ステータスに反映します
――能力吸収により使い魔の能力が向上します

無数の声が一斉に頭の中に鳴り響く。

七十体はいたはずだ……すごいな……。

「何かスキルは増えたかしら？」

「いや、なんかステータスに反映されただけらしい」

「まあそうよね」

今持ってるスキルのほうが強い場合はスキルやステータスに反映されるだけということが分かっている。

いまさらゴブリンたちで新たなスキルを得るのは難しかったようだ。

「それでもとりあえずやれば強くなれるのはすごいな……」

改めてネクロマンスの威力を認識し直す。

「ゴブリンキングなら、エクストラスキルくらい持ってるかもしれないわね」

「エクストラスキル、か」

もう感覚が麻痺してるけど、一つ持っていれば食い扶持に困らないどころか英雄の素養と言われ

るスキル。

本来そうポンポン手に入るものではないが……。

まあその辺りは手に入ってから考えよう。

「レイ、下がっていいよ」

『キュウン』

戻ってくるなり甘えるようにまとわりつくレイを撫でる。

『グモォオオオ』

「エースもありがとな」

ハイゴブリンの首をねじ切りながらアピールしてきたので褒めておいた。

「アールは待機で」

『きゅーー!』

ゴブリンキングがこちらへゆっくり歩みを進めると、周囲にいたゴブリンたちが道を空けるように整列した。

「魔物風情で王様気取りだなんて、笑っちゃうわね」

「完全に悪役のセリフだな……」

ミルムのせいでこっちが悪者のような気持ちになりながらゴブリンキングと対峙した。

そこへ俺を追いかけてきた冒険者たちが現れる。

「やっと追いついた……！」

「俺たちも手伝わせてくれ！」

やってきたのは三人の冒険者たち。

だがその場を見て固まった。

「っ……なんだこれ……」

冒険者たちが戦慄（せんりつ）する。

その原因がゴブリンキングなのか、俺の使い魔たちなのかがなんとも言えないところではあるんだが……。

「安心しなさい。全部彼の使い魔よ」

「ええ!?」

やっぱり使い魔のほうだったんだろうか……。

さっき見せたはずだが、その場にはいなかったのかも知れないな。

冒険者も一度に覚えきれるような数じゃなかったし。

「私も彼の使い魔ね」

「それはちょっと違うだろ……」

戸惑う冒険者たちだが相手は待ってくれない。

隊列の奥に構えたゴブリンキングが動き出した。

「グルァアアアアアアアア」

ゴブリンキングの咆哮が森に響く。

周囲にいたゴブリンたちへも無差別に襲いかかる咆哮による威圧。近くにいたゴブリンたちは意識を手放すほどの威力だ。

「なっ……」

「くっ……立ってられない……」

「なんであの人たち平然としてるんだ……」

近くにいた冒険者たちにも威圧が効いたらしく跪かされていた。

対して涼しい顔のミルムと、俺もドラゴンゾンビの咆哮に比べればそこまでではなかったので特に影響を受けていなかった。

経験は身を助けるな。

「レイ、エース、アール。三人を守っててくれ」

『キュウウウン！』

『グモォオオオ』

『きゅるるー！』

三匹の使い魔がそれぞれ動けなくなった冒険者の周りに向かった。

「うおっ!?　これまさか……フェンリル!?」

「こっちはミノタウロスだぞ!?　ゴブリンキングなんかより断然強い……」

「待て待てこっちもドラゴンだからな……!　一体どうなってんだ!?」

三者三様それぞれに驚きを見せる。

やっぱり一度も見ていなかったようだ。もしかするとずっと森の中で戦ってくれていたのかもしれない。

「いや待て……これだけの使い魔がいるのに自分一人で戦うのか!?」

「普通魔物使いって魔物頼みで本人は……え?」

冒険者たちがあまり盛り上げてハードルを上げる前に終わらせることにした。

「【白炎】」

「「「えぇぇぇぇぇぇぇぇえええ」」」

【竜の加護】のおかげでコントロールしやすくなったので森を焼かずに済むくらいには扱えるようになった。

ゴブリンキングの素材に用はないし、燃やし尽くしても良いだろう。

──ゴブリンキングのネクロマンスに成功しました
──ステータスに反映しました
──【王のカリスマ】を取得しました

――【成長促進】を取得しました
――使い魔が強化されました

「結果は？」

「王のカリスマと成長促進らしい」

「またエクストラスキルじゃない！　【王のカリスマ】は使い魔のステータスを上げる効果みたいだし、私にも恩恵があるわね」

「【成長促進】も使い魔の成長を促進するらしいぞ」

『きゅるるー！』

「この子があまり大きくなるのは……まあいいわ。周りのゴブリンもこれで片がついたわ」

「いつの間に……」

ミルムの言葉通り周囲にいたゴブリンたちは根こそぎ命を刈り取られていた。いつ発動したかも見ていなかったがミルムの【夜の王】だろう。

最後に全部ネクロマンスで能力吸収を無駄なく使って終わりだ。不可視化出来るマントがあるとはいえ、流石（さすが）にゴブリンの軍を率いるのはイメージとして少し難しいだろう。それになんとなく、王（ゴブリンキング）への忠誠で固められたこのゴブリンたちを使役するのは難しいと感じていた。

このあたりの感覚はほとんどテイマーのときのままだな。

「俺たちが身動きすら取れなかった相手をあんなあっさり……」

「いや、そもそも相手はゴブリンキングだぞ!?」

「まあこれだけ強い魔物を率いているんだから、当然っちゃ当然なんだが……」

冒険者たちの視線が集まるのを感じた。

「とりあえず戻ろうか。怪我人はないか？」

「いや、俺たちは大丈夫だ！」

「ああ。本当に助かった……！」

「よかった」

ひとまず無事守れたようで一安心だった。

三話　商隊の護衛

「ありがとうございます。貴方方は命の恩人だ……！」

馬車があったところまで戻ると、身なりの良い商人が出迎えてくれた。

「怪我がないなら何よりだ」

「ええ、ありがとうございます。高名なランド殿とミルム殿にこんな形で出会えるとは本当に幸運でした」

「俺たちを知ってるのか？」

「もちろんですとも。商人は情報が命……とはいえお二方ほど有名になれば私でなくても耳には入ります。災厄級、ドラゴンゾンビの討伐にたった二人で成功された英雄ですからな」

意外と噂の回りが早いらしい。

いやまあ、この商隊は見る限り俺たちと同じ方角から出発していたようだし、話は入りやすかったかもしれないけどな。

「仲間のおかげだけどな」

「ご謙遜を……とにかく、お礼は改めて正式にさせていただきたい。本来であればこのまま商隊に加わっていただきたいところですが、お二方はどうやら別の移動手段がおありのご様子。二、三日しましたら是非一度本社にお越しください。ぜひお礼をさせていただけますと幸いでございます」

商人の男がそう言う。

本社……？　そんな規模でやってるのか。

「ああ、失礼。申し遅れました。私はミッドガルド商会の会長をしております、マロンと申します」

「ミッドガルド!?」

「すごいの？　それ」

ミルムが聞いてくる。

「ミッドガルド商会っていったら、この国の六割はその傘下といわれるほどの大商会だ」

「ふーん。大商人ってわけね」

「大商人の言葉で片付けて良いのかって感じだな……」

思ったより大物で驚く。

会長の顔と名前を知らずとも、ミッドガルド商会のことは知っている。

ミッドガルドと契約が結べればそれは冒険者たちにとって最高の名誉の一つとされるほどだ。

マロンと名乗った男はニコニコしながら懐に手を入れて何かを取り出す。

「私の名前とこちらを出していただければ我が商会で特別なサービスを受けられます」

「これは……」

宝石のような琥珀色の石を渡される。

「我が商会における会員証のようなものです。店舗の人間であれば誰に見せても通用するでしょう」

「そうなのか……」

よくわからないがとりあえずもらっておくことにした。

「それでは、どうぞ、いつになってもお越しくださいませ」

「ああ……」

もともと行く予定だったアレイドに本社もある。というより、フェイドたちが使っていた店も全てその傘下だ。

「ねえ。だったら街についてもどうせ暇なんじゃないの？」

「暇ってわけじゃないけど……確かにマロンを待ってたらある程度時間潰しは必要だな」

馬車を使う商隊と竜による移動ではまるでスピードが変わる。

荷物だけなら【宵闇の棺】でなんとか出来るが、人はミルムと俺以外を運ぶ余裕はない。

「なら、一緒に行ったらどうかしら？」

「あー……」

「おお！　本当ですか!?　それは大変心強い。お礼は弾みますので是非！」

マロンは乗り気だ。

どの道急いで行ったとしてもマロンを待ったほうが確実にいいものが買える……か。

「そうするか」

「ありがとうございます！　席をご用意いたしますので……」

「それはいいわ。この子は乗り心地がいいから私たちは空から追いかけるから」

「おお……それはそれは……かしこまりました。食事と寝泊りの際だけはしっかりとした環境を整えさせていただきましょう」

こうして俺たちは商隊に加わることになった。

そうなると早速だが一つ心配なことがあった。

「あー、その前に怪我人は……」

ここを離れる前に助けられるなら助けようと思っていたんだが、これについては余計なお世話だったらしい。

「ご心配には及びません。我が商会が誇るハイポーションを配布しております」

見れば確かに、怪我をして倒れていた冒険者たちも完治とはいかないまでも、もう動けるようになっていた。

と思いきやぞろぞろと冒険者たちが集まってくる。

「君がランド殿か……ありがとう。俺はアレン、一応今回の合同パーティーのリーダーをやっている」

「ああ……」

背が高い長剣使いの男だった。

一目で強いことがわかる。ゴブリンキング相手でも十分やっていけそうなほどだ。

一対一であれば、だが。

「森に入っていたメンバーも世話になったようだし本当に助かった。同行してくれるというなら、出来ればこの合同パーティーの指揮をとってほしい」

「いやいや。勘弁してくれ」

パーティーリーダーなんて柄じゃないにも程がある。

「いいじゃない。やれば」

「逆にミルムのほうが出来そうだよな？」

仮にもヴァンパイアロードだし。

ロードって王だよな？　という思いを目だけでミルムに訴えかけた。

「確かに私は生まれながらにして王。その才能は疑う余地がないわ」

胸を張ってドヤ顔で答えるミルム。

「だったら」

「でも……」

かと思えば途端シュンとした顔になるミルム。

「どうした……」

「私に一人も部下がいないの知ってるでしょ！」

耳元にミルムの悲痛な叫びが届いていた。

◇◇◇

「えーっと……急遽パーティーのリーダーをやらせてもらうことになった、ランドだ」

結局俺がやることになった。

それはいいんだが完全に自滅でミルムがいじけているのをなんとかしたいところだった。

「ランドってあの……」

「使い魔が全部Sランクだって……」

「勇者に嫌気がさして自分から出ていったんだろ!?」

「聖女が頭を下げて引き留めたのに応じなかったとか」

噂がもうよくわからない方向にいっていた。

半分以上正解なので否定もしきれないんだが……。

「おい！　じゃあ横にいるのってミルムさんなんじゃ」

ピクッとミルムが反応する。

「ギルドが臨時措置でいきなりBランクを出したんだろ⁉」

ピク。

「あんなに可愛いのに強いなんて……」

ピクピク。

「むしろランドより強いって噂も……ドラゴンゾンビはミルムのほうが倒したとか……」

「ふふふ……わかってるのもいるみたいじゃない。サービスよ」

復活したミルムが突然【夜の王】を展開した。

「うわっ⁉」

「なんだこれ⁉」

「え……」

黒いコウモリの群れが前に並んだ冒険者たちを包み込む。

「おいおい……怪我が……！」

「ちょっと待て、俺、目が！　五年も前に見えなくなった左目が治ってる！」

「俺は足の古傷が！」

「ほんとだ⁉　奇跡だ！」

黒い群れから冒険者たちが現れる。

その姿は【夜の王】に包まれる前とくらべると頼り甲斐すら感じるものになっていた。

「何をしたんだ？」

「前に貴方にやったのと同じよ。損傷箇所の回復。あとついでに少し、一時的なパワーアップね」

「そんなことまで出来たのか……」

ついでに少し、のレベルでは間違いなくなかった。

改めてすごいな……ヴァンパイアロード……。

どうあれこれで噂話にしか聞いていなかったはずの俺たちのパーティーのことは少し、理解してもらえたようだ。

Aランクパーティーのアレンたちとマロンは俺たちのことをもう少し正確に理解している様子だったが。

「お二方はそれぞれAランク冒険者。そしてたった二人のパーティーでありながらSランクパーティーとして活躍される高名な冒険者です」

「俺も同じAランクではあるが、二人とも正直まるで歯が立つ気がしない。次元が違う強さだ。合同パーティーの指揮は俺が預かっていたが、より適任が現れた。今回の指揮はランド殿に預けることにする。異論がある者がいれば申し出てくれ」

結局俺がやることになってしまった。まあ形だけという話ではあったが……。

なんだかんだ冒険者というのは良くも悪くも自由だ。合同パーティーのリーダーに求められるのは統率力よりまず強さだという。

強い相手には従うし、そうじゃない場合はコントロールしきれなくなる。急造チームに重要なのはリーダーの圧倒的な強さ、ということだった。

アレンは次元が違うと言ったが、あながち言い過ぎとも言い切れない。特にミルムは本当に次元が違うだろう。

そしてそのことは一応この場にいるものたちには伝わったようで、アレンの言葉に反論は出なかった。

「よし。じゃあランド殿、まずは配置を決めてくれ」

「配置……か」

助けを求めるようにアレンを見る。

笑いながら続けてくれた。

「まずは周囲の安全を確保する斥候(せっこう)。これは適性がある者たちで構成するが……今回参加しているパーティーで言えばCランクパーティーにシーフが一人、Bランクパーティーが二つあってそれぞれ一人ずつ足が速いやつに出てもらってた」

「なるほど……」

慣れている人間に周囲に出てもらえるのは安心だな。

だが周囲の情報収集という面ではこちらも役に立てそうだ。

「元々動いていてくれた人はそのままお願いするとして、俺たちは空から情報を集められるのと、地上にはこいつを出そう」

【宵闇の棺】からレイを召喚すると、冒険者たちがざわめいた。

「フェンリルだ！」

「聞いて驚くなよ？　ランドさんはあれよりつええんだぞ!?」

「そんな馬鹿な！」

さっきの戦闘で一緒になったやつらが得意げに何か言っていた。

こうして噂は広まっていくんだな……。

「元々斥候をしてくれていた三人は、レイと連携してうまく経験を生かしてくれるとありがたい」

「えっ……」

レイを見上げて固まっているのがおそらく斥候で出ていた三人だな。

「レイ」

『キュウオオン』

合図をすると甘えるように三人のもとに飛び込んでいき、もふもふの身体（からだ）を押し付けにいってくれた。

「うおっ!?」

「でか……いや柔らかいな」

「意外と可愛い、のか？」

舐められたり頭を押し付けられたりしながらも何とか三人は打ち解けてくれていた。

「贅沢な斥候だな……」

アレンがつぶやく。

「あとは？」

「ああ……えっと、隊列の前を守る前衛。側面をカバーする遊撃。そして、全体の安全を管理する殿（しんがり）。普通はここにリーダーが立つんだけど……」

「まあ空からカバーするか」

「もはや全部の役割を一人で全う出来そうな勢いだな……」

空を飛べるというのは思った以上に大きな効果を生み出すんだな。

「ペース調整のこともあるし、前は頼んでいいか？」

「わかった」

「あとは遊撃として動けるようにしてもらえればと思う。いざというときのために出来るだけ休みを交代でとりながら行こう」

アレンたちに前衛を担当してもらい、他のパーティーには遊撃を任せた。ここにエースもいてもらうことにする。

「随分楽が出来るようにしてもらった気がするが……」

「元々休憩なしじゃきついだろうし、このくらい休めたほうがいいんじゃないか？」

「それはそうだが……ところでランド殿は休めるのか？」

「ああ。見張りはミルムと交代で出来るしな」

「そもそも私たちは休まなくても回復手段があるわ」

「本当に……味方で良かったとつくづく思うよ」

アレンは若干顔をひきつらせて笑っていた。

実際にアールの上で交代で見張りをやってみたが、新鮮で面白い体験になった。普段は気を配ることのないような物音や動きを追いかけているうちに、これまで知らなかった動物たちの動きなんかも見えてくるようになる。

「なんでもやってみるもんだな」

「貴方のそれはいつの間にかどこかで拾った【スキル】が役立ってるんじゃないかと思うのだけど」

「そんなもんか」

確かに心当たりがまったくないとは言い切れなかった。

夜、食事のために隊列を止めて休むということでアレンたちパーティーと共に食事を取ることになった。

準備のなかった俺たちの分はマロンがご馳走してくれるとのことだったが、野宿の割にはかなり豪華な食事をもらっていた。

「良いのか？　こんな高そうな……」

「お二方は命の恩人なのですから、むしろこんなものしか用意出来ず申し訳ないくらいです」

「いやいや……この肉だって買えば安い剣と同じくらいするやつじゃ……」

「おお、うちの商品を知っていただけているとは光栄ですなあ」

「そりゃ冒険者やってればミッドガルド商会にお世話にならないことのほうが少ないからな……」

「それは光栄の至り。今の発言、魔道具に録音しておきたかったくらいです」

「おおげさな……」

マロンさんは終始この調子だった。

一区切り付いたところで隣にいたアレンが声をかけてくる。

「それにしても、本当に運が良かった。流石にゴブリンキングは想定外だった。改めて礼を言わせてくれ。ありがとう」

「いやいや、俺たちはたまたま通りかかっただけだから……」

このルートの護衛任務は通常、Cランクくらいのパーティーがやる内容だろう。

Bランクパーティーは、契約している冒険者ならともかく、そもそも護衛に使うには高額すぎる。

AランクやSランクなんて護衛のたびに雇っていたら普通の商人ならいくら稼いでも足りないからな。

「それでも流石に相手が相手だからと俺たちが呼ばれたんだけど……」

「面目ない……」

アレンのパーティーは全員が剣士の男四人という構成だった。

剣士は一人でバランスよく役割をこなせるので、こういう形でAランクまでくるのも珍しくないわけだ。逆に言えば全員がバランス良く強くなければパーティーのランクも上がらない。そういう意味でよく訓練された良いパーティーだった。

「助かったから良かったんだけどな！」

「違いない！」

アレンたちが笑い合う。チームワークも良さそうで何よりだ。

そう思いながら眺めていると、アレンのパーティーメンバーの一人がこんなことを言ってきた。

「あんたたちなら、あそこもなんとか出来るかも知れねえな」

「あそこ？」

「ああ……この依頼の前に幻獣の森に行っててな」

「幻獣の森か……」

推奨がAランクの上位という場所だ。

低ランクでは入れないようギルドが規制するほどの場所でもある。

「で、迷ってな」

「迷った!?」

あそこは迷ったら出てこられないんじゃなかったか!?

「化け狐が出てな。助けてもらったんだ」

なるほど。

幻獣の森は稀少な素材の宝庫であると同時に、文字通り幻獣と呼ばれる超常の魔物たちが蔓延る場所だ。

だがその全てが敵というわけではなく、むしろ神聖視され奉られるようなものもいる。フェニックスやフェンリルがそれに当たるが、基本手出しをしなければ敵ではない。

この辺りはなんとなくヴァンパイアとの関係に近いかもしれないな。

「妖狐っていうと幻獣の森の中でもかなりの大物なんじゃないのか？」

それこそ敵対することがあればSランクパーティーでことに当たる相手。

単体でSランク。神獣とも呼ばれる相手だ。

「ああ、俺らが会ったのはまだ子どもだったからな」

「親に敵だと思われたらここにはいられなかったよな」

「笑い話になって良かったなほんと……」

やっぱりAランクパーティーは修羅場続きだな。

まあその直後の比較的安全なはずの護衛任務でゴブリンキングを引き当てるあたり悪い方向にもっているのか……俺たちが来たことを考えると良いほうの引きなのか……。

しばらく他愛（たわい）のない話をしながら食事を楽しんだ。

「ふあ……ふぁによ！」

途中からミルムが黙っていたのは口いっぱいに食べ物を詰め込んでいたからに他ならなかった。

四話　ミッドガルド商会

「本当に助かりました……なんとお礼を申し上げて良いか……」

アレイドの地に着いてそのまま、その足でマロンにミッドガルド商会本店まで招待されていた。

ミッドガルド商会の本店は一階が大規模な店舗スペースになっており、建物の上が応接室を含むいわゆる貴賓室となっているようだ。

そんなところに通される経験などもちろんなかったわけだから緊張する。

「いや、たまたま通っただけだから」

「そのたまたまのおかげで命を救われたのですから……いやはや私の運も捨てたものではない。ですがそれも、お二方の規格外の強さがあってのものでしたからな」

マロンにおだてられて更にそわそわしてしまった。

今座ってる椅子も、目の前の机も、周囲のものすべてが場違いに思えるほどの高級品に囲まれた部屋だ。落ち着けと言うほうが無理な話である。

ひたすらそわそわする俺を落ち着かせるように、マロンがどんどん話しかけてきてくれるのが救いではあった。

「ところで、今回はどのようなご用件であのような場所へ？」

「ああ。装備を整えたくてな」

「おお！　それはそれは！　ランド殿は長らくテイマーとしてご活躍でしたが……道中で見た使い魔を見るに、相当レベルがあがっていらっしゃるご様子。それなら我々もお手伝い出来ることがあるかと！」

マロンがパッと表情を明るくする。

そのまま言葉を続けた。

「ランド殿には以前からお世話になっておりました。今回の件、装備一式くらいはぜひうちのものをお出しさせていただければと思っております」

装備一式って結構な額だよな……？　と思って驚いているとマロンが笑いながら答えてくれる。

「心配はございません」

「でも……」

「お二方はいまや飛ぶ鳥を落とす勢いといっても過言ではないご活躍をされております。であれば、我が商会の商品を使っていただくだけで十分すぎるほど私にメリットがありますので」

なるほど。広告と考えれば確かに見合う金額になる……のだろうか。

少なくとも大商人であるマロンさんは無意味にそんなことをする人間ではないということだった。

ただ一つ気になったのは……。

「ずいぶん正直に明かすんだな」

「ええ。商売は信頼が大切ですからね」

ニコニコと悪意なくそう言うマロン。

まあ腹のさぐりあいで勝てる相手じゃない。もらえるものはもらえばいいだろう。

でもそうするとあのお金を使う当てがなくなるか……？

「十分かはわからないけど、金はあるんだ。こいつを使って出来るだけいいものを揃えたいとは思っている」

流石にタダで渡すと言っている相手に最高級のものを寄越せとは言いにくい。

それでもミッドガルド商会を代表するようなある程度のものは来ると思うが、どうせならミルムにもなにか一つくらい、今より良いものが用意出来ればありがたい。

そうなるとミルムの言葉通りダンジョンからの産出品レベル……すなわち神器クラスの装備が欲しい。

もしマロンがそういったものを用意出来るというのなら、ここであの金を使うのも悪くないはずだ。

【宵闇の棺】から革袋を取り出す。

「おお……流石はSランク冒険者。これほどの量の金貨、私でもお目にかかる機会はそうそう

「……」

「それがどうも、何枚か虹貨らしい」

「虹貨!?」

マロンですら驚くのか。

すごいな虹貨。いやこの場合これだけの予算を出してきた辺境伯とそれだけの脅威だったあのドラゴンゾンビがすごいということになるか?

「なるほど……そういうことでしたら……」

マロンはなにかぶつぶつとつぶやきながら計算を始める。

俺は黙ってその様子を見守った。

ミルムはいつもどおり出されたお菓子をもきゅもきゅ頬張るのに忙しそうだった。

「ふぁによ」

「美味(おい)しいか?」

俺が尋ねるとしばらく口をもきゅもきゅ動かしたあと、こう答えた。

「もちろん」

そんなことをしているとようやくマロンがこちらに向き直った。

「失礼いたしました。ああその茶菓子についてはお気に召していただけたのなら帰りにいくつか……」

「もらうわ」

「ありがとうございます」

ミルムの食い意地はすごいな……。

マロンは近くにいた使用人になにか耳打ちして改めてこう切り出す。

「さて……もしランド殿がその予算を使って装備をお求めになるということでしたら、私から最高の腕を持つ職人へ声をかけます」

最高の腕を持つ職人……か。

「我が商会の武具はご覧になったことはございますでしょうか？」

「ああ、もちろん」

ミッドガルド商会の武具の最大の特徴は、安価ながら品質の統一されたいわゆる量産品が並ぶことだ。

普通、例えば剣を選ぶにしても、その良し悪しは一本一本、材料、作り手、工程、そして保存状態などで大きく変わる。そのため冒険者はこれまで、道具の目利きを求められることが多かった。

だがミッドガルド商会は、統一した規格に基づいて武具を量産しており、値段に比例してしっかりと品質が保証されている。

値段通りの性能が安定して発揮されるという信頼感は、それに命を預けることになる冒険者にとって非常に大きいものだった。

——ミッドガルドシリーズ

ミッドガルド商会を大きく躍進させた要因の一つだ。

「ありがとうございます。ご存知の通り我が商会はいわゆる規格品を中心に取り揃えておりますが……そのオリジナルの製作者がおります」

「オリジナル……」

「今、世に万の単位で売れたその武具のオリジナル。量産は魔法などを用いて行いますがオリジナルはもちろん職人の手で作られております。そのオリジナルを作った者に、ランド殿、ミルム殿の装備を整えさせましょう」

「おお……」

それはなんというか、すごいな？

ミッドガルドシリーズを生み出した職人が俺のためだけに動いてくれるのか。

だがそうなると……。

「金額、足りるか？　というかそもそもこの予算全部を一気に使い切るのはあとが怖いな……」

ある程度は備蓄しておきたいという貧乏性というか、小心者な自分がいた。

ミルムは気にする様子がまったくないんだけどな……いや食べるのに夢中でこっちの話など聞い

ていないかもしれないが……。

まあ流石にそこまではないか。

「もちろん。我々もそれを扱い切れはしません。ですが、希少な素材をふんだんに使い、ランド殿とミルム殿に合わせた最高の品質のものをご用意するとお約束いたします」

「なるほど……ミルム？　どうする？」

「ふぇ？　んっ……ごく……えっと……」

「もしかして……話すら聞いてなかった？」

「聞いてたわよっ！　でも人間の職人にダンジョンの神器級の装備を作れるのかしら？」

ミルムはもともと、今使っているものよりいいものを探すならダンジョンに行く必要があると言っていたからな。

ミルムの問いにマロンは自信満々にこう答えた。

「人間には無理でしょう……ですが、私の知る職人であれば、神器へ到達し得るかと」

「そこまでなのか……」

マロンがそこまで言うのであれば、乗る価値もある話かもしれない。

――神器

ダンジョンで稀に産出される、文字通り人智を超えた名品を指す言葉だ。

ダンジョン、と指定がある通り、通常人の身で作れるものではない。

そもそも神器が産出されるダンジョン自体が発生原因も不明なわけだが、神器は古代の失われた技術の結晶であると言われている。神話の時代、神、悪魔、天使、龍などの超常の存在たちによって生み出されたもの……らしい。

総じて言えばよくわからないがすごいもの、という認識だが、問題はそのすごいのレベルだ。

汚れのつかない服。絶対に傷の入らない盾。どんな素人が振っても剣撃を飛ばし出せる魔剣。この程度ならまだ驚く範囲ではない。

ドラゴンをも上回る戦闘力を持ったゴーレム。原理不明の長距離連絡手段。国を覆う大規模結界魔法。これらの神器は各国が国宝として保護している状況だった。

俺の持つ可視化、不可視化を司るこのマントも神器だ。

そしてミルムが言ったとおり、神器の能力を本来のものまで引き出せてすらいないという話は、至るところで聞く都市伝説のようなものにもなっている。

まあ俺の場合は文字通り使いこなせていないんだろうけどな……。これだけの性能とは思えないだけの何かを感じるし。

「へえ、そこまで言うほどの職人がいるのね」

ミルムが食べるのをやめて話に入ってくる。

今の話はミルムをして食いつくに値する話題だったわけだ。

「ハイエルフとドワーフのハーフ。ハイエルフの無限とも言える寿命と、ドワーフの持つ天性の技術によりその道を極めたものでございます」

「そんなのが……」

ハイエルフって絶滅したんじゃなかったのか……。

というかそんな存在であるのにどうして世間に知られていないのだろうか。

「なるほど……私と同じね」

「ミルムと同じ……？」

「稀少種。というより血族の貴重な生き残り。まして直接の戦闘力を持たないとなれば、隠れておかないと今頃どっかで解剖されるなり商人か貴族に捕まって奴隷のようにこき使われることになるはずよ」

そうか。

優れた技術があっても身を守る術がないのか。まぁミルムのようなケースが稀なんだろうな。保護しなければ絶滅する種族などいくらでもいるのだから。

いや待て今の話だと……？

「ええ。私が保護しております。生活の保障は私がする代わりに、こちらは優れた武具をいただく。とても釣り合った対価ではありませんので報酬は別途用意があるのですが、いかんせん無欲な職人でしてな……ただひたすらに素材を要求するばかりでして……」

「商人には捕まっていたけれど、奴隷にはなっていなかったというわけね」

「それはもちろん。それにしてもあっさり私を信頼してくださったようですね。ヴァンパイアの血族へお会いするのは初めてですがなにか知らずにご無礼を働いていなければいいのですが……」

「心配いらないわ。いえそうね……もう少しお菓子を出すのが礼儀かもしれないわね」

「はは……すぐに準備させましょう」

遠慮のないやつだった。

まあ軽口を叩くくらいの関係を構築するに値すると判断したのであれば、それはそれという話もあるか。

「にしても本当にあっさりばらしたな」

よほど何か、信頼をおける何かでもあったのだろうか。

考えが読まれたようでミルムが説明を加えてきた。

「信頼というより、そもそもバレている相手に今更どうこうするつもりもないといったところかしら」

「ああ……ミッドガルド商会の長ともなれば、そのくらいは……ってことか」

「いやはや……ですがやはり、こうして言葉にしてもらえるというのは気持ちがいいですな」

マロンが笑う。

うん。悪い相手じゃない。

「予算は任せる。といってもあるのはこれだけだ」

「十分すぎます。それでは具体的なお話に移っていければと思いますが……まずはお二方のことを、私の知る範囲ですとテイマーと魔導師とお伺いしておりますが……」

そうじゃないことはもう理解しているんだろう。

といっても本来の職種……ネクロマンサーとヴァンパイアというともう、自分でも何者なのかわからないけどな……。

まあいいとりあえずわかることは伝えておこう。

「俺はいまネクロマンサーって形で登録されている。もしそれに合うものが出来るならそのほうがありがたい」

「ネクロマンサー……初めて耳にしますな」

首をかしげるマロン。直接見せたほうがいいだろう。

というより、こいつらの分もお願いしたい。

道中も顔は出していたが、改めて使い魔たちを紹介することにした。

「【宵闇の棺】」

「これは……！」

レイ、エース、アールをそれぞれ見えるようにする。

にしても……こいつらが全員揃っても大丈夫なところがすごいな。この部屋の大きさがそのままマロンとミッドガルド商会の大きさを表しているようだった。

「なるほど……たしかにこれはテイマーとはまるで違う……召喚師のような……それでいて全てが精霊体……ふむふむ……」

レイは機嫌良さそうにしっぽをふり、エースはじっと動かない。アールはマロンの観察はそっちのけで俺のほうにすり寄ってきていた。こいつだけどうも精神が幼い気がするんだよな……ドラゴンゾンビ時代とは見た目もガラッと変わったし、もしかするとそのまま精神面も引っ張られているのかもしれないな。

そんなことを考えながら、改めてマロンに必要な情報を追加していく。

「ネクロマンサーは死者を操る。こいつらもそうだ」

「なんと……なるほど。それでテイマーとはまるで違うわけですな」

「ああ」

「では彼らは……失礼ながらランド殿が手にかけて……？」

「経緯は色々あるな。レイは生前からずっと一緒だった一角狼だ」

『キュオォオオン』

自己紹介するように一鳴きして、またしっぽを振りながら俺に頭を擦り付けてくる。

「なるほど。道理でよく懐いているわけですな」

「ありがたいことにな。エースとアールはそうだな、俺たちが倒して、その後仲間になってくれてる」

「ほう……テイムとは異なり命のやり取りがあった上で……ですがまるで、ランド殿に憎しみや悪意を抱く様子はありませんな」

『グモォオオオ』

『きゅるー！』

　肯定するように二匹が鳴いた。

「不思議なことにな……」

「それもまたネクロマンスの効果なのでしょうか？」

　マロンの疑問はもっとも、というか俺もそれは気になっていた。

　だがゴブリンキングを相手にしたとき、あの場にいたゴブリンたちを従えられる気は全くしなかったことを考えると無条件というわけではないのは確かだ。

　俺とマロンの疑問に答えてくれたのはミルムだった。

「ネクロマンサーは死を司る。不死の王であるヴァンパイアの私と同等かそれ以上に、宵闇の力……死にまつわる力を使いこなせる」

「そこまでですか……」

「ええ。やろうと思えばどれだけ残酷に痛めつけて殺した相手であっても無理やり従えることが出来るほどの力……だけど、その男はそれを使う気はまるでないわ」

「でしょうな。人が好い方ですから」

マロンが朗らかに笑う。

「ふふ。そうね。だからそのお人好しが好きな子だけは、こうしてそばに残るというわけよ」

「なるほど。合点がいきました」

結局俺には結論が見えない話だったが、マロンさんはそれで納得したらしい。

その後もいくつかの質問に答えていくとマロンの中である程度の結論は出たようだ。

「今の情報と、私の持てる手段で得た知識をあわせて装備の製作にかかりましょう。鍛冶だけでなく服飾から装飾まで、そのものであれば対応出来ますから」

「すごいな……」

流石ハーフハイエルフってところだろうか。何年生きているのかわからないが経験値が違うんだろうな。

「フェンリル、ミノタウロス、ドラゴン。こいつらにもそれぞれ装備が欲しい」

「これだけの使い魔たちであればそれなりのものがなくてはなりませんな……。こちらで出来得る限りのものを集めましょう」

「私は闇魔法に特化させてくれればいいわ」

「はい。必ず、良いものをご用意いたします」

その後採寸のために別室でメイドに対応を受けたり細かい調整をしていく。

偶然の出会いだったが、良い話が出来て良かった。

「ところで、このままでは私から提供するものがあまりに少ない。他になにかお望みはございませんか」

話も一段落と思ったがマロンはまだ足りなかったらしい。

「そんなことないだろ？」

そもそも存在を明かすだけで十分すぎるほどの情報である、ハイエルフの末裔のことまで聞いてしまっている。

それに加えて俺たち二人と三匹の装備品の製作依頼だ。

これはもちろんタダではないが、本来ならそんな依頼を受ける相手ではないところに無理を通してもらうわけだしな……。

俺たちは通りがけに倒せる相手を倒しただけで、正直特段労力も使っていない。これ以上はバチが当たると、そう思っていたのだが……ミルムのほうから声が上がった。

「吸血鬼の末裔、ネクロマンサーに関する情報、そして私たちに万が一何者かの攻撃が加わりそうであれば、今後その情報をもらえるかしら」

「それはもちろんでございます」

「ならこの子を渡しておくわ」

【夜の王】で見るコウモリのような魔物を出して告げる。

俺はもう十分すぎる対価をもらったと感じていたし、それ以上はと思っていたわけだが、ミルムが耳打ちしてその意味を教えてくれた。

「商人というのはタダとか貸し借りを恐れる生き物でしょう。これは私たちのためというより、相手のためよ」

「なるほど……」

その発想はなかったな。

そしてそういうことであれば必要な要求だったか。

その意義を感じないマロンではないしな。

「これは……俗に言う使い魔ですかな?」

「そうね。テイマーやネクロマンサーのものと違って、私のは自分で作った魔法生物だから意味合いは変わるけれど」

「なるほどなるほど。必ずお役に立つ情報をお届けいたします」

「ついでに頼んでる装備品も目処がついたら教えて頂戴」

「もちろんでございます」

前金という形で虹貨を含めたいくらかの金をマロンに預ける。

マロンはもらい過ぎだと言ったが使う当てもないし、後でお釣りをもらえるくらいでもいいだろう。

　意外と常識枠のミルムも反対をしなかったしな。

「さて、これ以上お引き止めするのはお二方に申し訳ないですな」

　マロンがそう言うと後ろに控えていた使用人たちが動き出す。

「ランド殿、ミルム殿。命を救っていただいた上、今日は色々と貴重なお話もお聞かせいただき誠にありがとうございました」

　マロンの握手に応じている間に使用人たちの準備が整ったらしい。

　早いな。流石本店の使用人、みんなテキパキ動くものだった。

「これはほんの気持ちです。お土産にお持ちください」

「これ……！　一番美味しかったやつだわ！」

　使用人が用意したのはミルムがひたすら頬張っていたクッキーだった。

　箱に入れられたものを見るとなんというか……間違いなく高級品であることが窺い知れる……。

　あの勢いで食っていたミルムがなんとなく恐ろしく感じるほどだった。

「それから、下の店舗スペースには冒険に必要な細かな道具もございます。よろしければ好きに見ていってくださいませ。本日はすべてサービスいたします」

「そんなにしてもらうと……」

「いえいえ。この店舗にあるものは全て、我が商会のロゴマークを入れておりますから」

「なるほどな」

さっき言った理由と同じか。

悪い気がしなくもないが、期間限定スポンサーのようなものだろう。期待に添えるよう頑張ろう。

「じゃあ少し、見させてもらうよ」

「ぜひ。私は次の予定がございますのでこちらで失礼させていただきます」

「装備と情報、楽しみにしてるわ」

「ミッドガルド商会の誇りにかけて！」

マロンに見送られ、使用人たちに連れられる形で店舗スペースである一階に降りる。

「お言葉に甘えて消耗品は補充させてもらうか」

「そうね。預けたお金で帳尻は合わせてもらっても良いわけだし」

ミルムの魔法のおかげで回復に必要なポーション類等の消費はなくなったわけだが、野営やダンジョンに必要な、光を放つマジックアイテムなどの消耗品は欲しい。あと一応、保存の効く食料品などもだ。

なんだかんだ楽しみにしながら、店舗スペースへと到着した。

五話　偉そうな男

「そういえばレイたち、餌食ってるとこ見たことないな」

「精霊体は普通は必要ないみたいだけど、それでもおやつくらいはあってもいいかもしれないわね」

「じゃあそれも買うか」

流石にミッドガルド商会の本店だけあって品揃えは豊富だ。

一日中見ていられるほどの店内。そして他の店よりも質が良い。その分値段が高いものもあるが、なんでも揃うというのは大きなメリットだな。

多くの客で賑わっているが、そのほとんどが身なりのいい上位の冒険者たちだった。

「ちょっと浮いてるよな、俺たち」

「私はともかく貴方のそれはぱっと見ても物が悪いのが分かるわね」

ミルムの言葉が突き刺さる。ただその言葉通り、周囲の人間たちを見れば明らかに俺の格好は見劣りしていた。

そして運悪く、そこに目をつけて絡んでくる男と出会ってしまった。

「おやおや……このようなところにこんな薄汚い冒険者がいるとは……少しは身の程をわきまえてほしいものだな。全く……」

二重顎の顔のでかい男。身なりと周囲の使用人たちを見るに、それなりの身分の貴族であることが窺えた。

「おい！」

二重顎の偉そうな男は俺たちに嫌味を言った後、すぐに店員を呼びつけた。

「いつもお世話になっております、グリム様。いかがされましたでしょうか」

男はグリムというらしい。

店員が顔を知ってる程度には使っているということか。貴族ってこの店で買うものあるのか……？

「この店はいつからあんな小汚いやつを入れるようになったんだ？　選ばれたものしか入れないのがここの良さであるというのに」

「ええもちろん。この店にお越しになるお客様は皆様素晴らしい方々です」

「ではなぜあのような者がいるのだ！」

とりあえず理由はよくわからないが俺のことが相当気に入らなかったらしい。

と思ったらご丁寧にその理由を明かしてくれた。

「ふん。あれは落ちぶれた勇者候補の荷物持ちだろう」

「あら、貴方有名人なのね」

「だめなほうにだな……」

　なるほど。あのときのことを知っているわけか。

「あれだけ問題を起こしたパーティーだ。被害者ヅラをしていたって問題があるやつだということは明白だろうに」

　そうきたか……。

　そして男が俺に絡んできたもう一つの理由が判明した。

「あんなものと一緒ではせっかくこれほどまでに美しい淑女も台無しだ。さて……悪いことは言わぬ。私のもとへ来い。この店に欲しい物があるのなら何でも買ってやろうではないか？　その代わり夜は……わかっておるな？」

　気持ちの悪い笑みで男はミルムへ手を差し出した。

　だがまぁ、ミルム相手にそんなことをしてどうなるかは明らかだ。店員が「まずい」という顔をしたときにはすでにミルムは喋りだしていた。

「あら。最近の豚はしゃべるのね」

「は……？」

　予期せぬ言葉に呆(ほう)けるグリム。

次第にその豚と呼ばれた大きな顔を真赤にしていき、顔全体が赤く染まった瞬間、グリムが叫んだ。

「貴様ぁあああああ！」

「こういうところで大声を出すべきでないことくらい、分かると思うのだけど。よほど貴方のほうがこの店に相応しくないのではなくて？」

止まらないミルム。

周囲の客の注目の的になったが、概ねミルムに好意的なのが救いだろう。このグリムという男が普段からどう思われていたのかが窺えるシーンだった。

「少し下手にでてやれば調子に乗りおって！　貴様らのような大した力のない冒険者ごとき、私の力でどうとでもなるのだぞ！」

「へえ。そうなの？」

ミルムがニヤッと笑って店員を見た。

まあ、俺たちに関する情報が勇者候補の荷物持ち、で止まっているあたりからなんとなく男のいう「私の力」というのも窺えるわけだが……。

どう収拾をつけるべきかと思っていたら、助け舟を出すかのようにマロンが来てくれていた。

「おやおや。これはグリム男爵。これは一体……」

「おお、マロン殿。いやはや、マロン殿ともあろうお方がこのような素性の知れない冒険者を店に招いてしまうとは。私のほうから軽く注意させていただきました。なに、この件は貸しということで――」

グリムの言葉は、言い終わる前に雰囲気をガラリと変えたマロンに遮られた。

「まさか……この方々を愚弄したのではありませんな……？」

「は……？」

グリムが再び呆ける形となっていた。

「ランド殿とミルム殿は私の命の恩人ですぞ」

マロンの変化とこの言葉。グリムの顔に冷や汗が流れる。

だがグリムもこの程度ではめげなかった。

「まさか！　だとしてもこのような場所には似つかわしくな――」

「お二方ともに単独でAランク。パーティーとしてはSランクであり、ドラゴンゾンビ討伐の功労者です。道中に現れたゴブリンキングとそれに伴うゴブリンの大群をたった二人で殲滅し、私の命を救った紛れもない実力者でございます」

「なっ……」

ここで初めてグリムの顔に焦りが見えた。

そしてその驚きは店内にいた他の者たちにも伝染していく。

「聞いたか!?　ゴブリンキングだとよ。もうまぐれじゃねえぞ」

「マロンさんが言うんなら本当なんだろうな……にしてもほんとに大型新人だ」

ミルムがちょっと嬉しそうにしていた。

知識はあっても外部との交流がなかったミルムは褒められるとすぐに調子に乗るというのは、もうこの短い付き合いで十分すぎるほどわかっていた。

誰かに騙されなければいいけど……いやもし騙すようなやつがいたらその後ミルムにぼこぼこにされて終わるか……。

そんな事を考えていると周囲の話題がグリムのほうに移っていっていた。

「それより、いつも偉そうにしてたけどあいつももう終わるな」

「Sランクパーティー相手にあれは、なぁ……」

グリムの顔に流れる冷や汗の量が増える。

だが次の瞬間、ニヤリと顔を歪ませてこんなことを口走った。

「仮に実力があるとしても、私はこの店にとって重要な顧客。この後も大切な商談だ」

「ほう……して、何がおっしゃりたいのですかな？」

冷たく突き放すマロンの気迫のようなものに一瞬たじろぐグリムだったが、めげることなく言葉を紡ぐ。

「たった一度命を守られただけの相手と、これまでもこれからも良い商売相手となる私とでは、比べるまでもないのでは？」

「なるほど……」

マロンから引き出せた言葉に勝利を確信したのか、いやらしい笑みを浮かべてこちらを挑発してくるグリム。

だが、マロンの口から次に出た言葉は、グリムのその表情を凍らせるのに十分なものだった。

「わかりました。それでは、グリム卿とのお取引はこれまでとさせていただきましょう」

得意げに口元を歪ませてこちらを睨みつけていたグリムの表情が少しずつ凍りつく。

言葉の意味を理解するのに脳が追いついていない様子だった。

そして処理が追いついてようやく口を開く。

出てきたのは言葉にならない叫びだった。

「はぁ!?」

「なに。お言葉の通りでございます。命を守られ、これから英雄となるSランクの冒険者の方々と、今の貴方様……そうですな、父の代までの貯蓄を食いつぶす男爵殿とでは、比べるまでもないというだけのことです」

「貴様ぁ……!」

あまりにズバズバ行くので状況を呑み込めないでいたグリムだったが、ついに怒りで真っ赤に顔を染め、従者を煽るように手を上げた。

だが――。

「おい」

マロンの一声で店員たちは戦闘力を持った護衛へと早変わりする。

グリムの周囲にいた者たちは店員たちに睨まれて身動きが取れなくなる。ましてや愚鈍なグリムでは当然、その護衛を突破することは出来ない。

「ぐっ……貴様……こんなことをしてただで済むと思うなよ」

「ええ。ですがあまり、商人というものを舐めないでいただきたい。商人は金のために動きますが、そのために守るべき義を持っております。そこに相反する方は、たとえ貴族であれお客様ではございませんので」

「ふんっ！　あとで痛い目を見ても知らぬぞ！　お前らのような小物ではわからぬだろう。私はセシルム辺境伯とも繋がりがあるのだからなっ！」

「セシルム辺境伯って……」

「あの男、終わったわね」

なんとなくだが、グリムの未来が確定した瞬間を見た気がした。

「こんなところこちらから願い下げだ！　くそっ！」

腹いせに蹴り飛ばした商品棚がガシャンと音を立てて崩れる。

店員が慌てて周囲の客に謝罪をしながら直している間に、周囲の従者とともにグリムは姿を消していた。

「いやはやお見苦しいところをお見せして申し訳ありません。お詫びと言ってはなんですが、これより全商品を半額とさせていただきましょう。ぜひ、お時間の許す限りお買い物をお楽しみいただければ幸いです」

「おおっ！」

「それはありがたい！」

「貴族相手でもあの対応、かっけえ！」

「やっぱミッドガルド商会だな。俺もいつかここと契約の話とかしてみてえ……！」

残っていた人間たちの心は摑んでいたようだ。

そう考えるとどうも、ほとんどの部分がマロンの思惑通りに動いたのではないかと感じさせる凄みすらあった。

「命の恩人に不快な思いをさせて申し訳ない」

今回の評判はまたミッドガルド商会の地位を確固たるものにする一助になるだろうからな。

「いやいや、あれはマロンさんのせいじゃないだろ」

「しかし辺境伯の名前が出てきましたか……少々厄介ですな」

「あー、それに関しては多分、心配しなくていいと思う」

ギレンの言葉を信じるなら、セシルム辺境伯とやらは俺たちにそれなりの価値を感じて招いてくれているだろう。

そんな考えがどこまで伝わったのかはわからないが、マロンが笑いながらこんなことを言っていた。

「いやはや……なかなか返しきれませんな。貴方への借りは」

「結局結構もらっちゃったな」

「あんなこともあったし気を使ったのね」

あの後本当に最低限必要なものだけもらっていこうとしていた俺たちだったが、マロンにあれもこれもと渡されているうちにかなりの量の商品をタダでもらうことになってしまった。

当初の目的だった俺の防具、というか服も新調出来た。魔力の通った素材で出来た服は装備者の力を高め、当然ただの布より丈夫なようだった。

「【宵闇の棺】のおかげで助かったな」

レイとエースが持ちたそうにしてたけど。

「お前らはもう荷物持ちじゃない。別の場所で活躍してもらわないといけないからな」

『キュウオオオン』

『グモォオオオオ』

それぞれ撫でながらそう告げるとやる気を出してくれたようだ。良かった。

こいつらのおやつになりそうなものも買えたし後であげよう。

「それにしても、ここは栄えてるわね」

「そうだな」

ミッドガルド商会の本店やフェイドたちが使っていた店のように建物を持つような店よりも、露店を出して賑わうところが多く見られていた。

「おっ。可愛いお嬢ちゃん、どうだい？　これは王都で人気のりんご飴ってやつだが」

「あまーい！　なにこれ美味しいじゃない。十本もらうわ」

「ま、毎度……」

言い終わる前に食いついたうえ、持ちきれない量のりんご飴を買い込むミルムの食い意地に若干露店のおっさんも引いている始末だった。

「人間も捨てたもんじゃないわね！」

「そんな理由で……」

半ば呆れながらも商店街となった露天を歩き続ける。

ミルムはやはり目立つ容姿をしているようで、色んなところで声をかけられていた。

当然ながら商売人である彼らはおだてにおだて声をかけるわけだから……。

「ふぁによ！」

【宵闇の棺】にも入れず両手いっぱいに大量の食べ物を大事そうに抱え、食べ物を頬張るミルムがいた。

「いや……どれだけ入るんだ？」

「あら？　言ってなかったかしら」

ミルムが一度食べるのをやめてこちらを見た。

「私は精霊体に近いのよ。食べなくても死なないわ」

「え……」

それでこんなに食ってたのか……？

「何か失礼なことを考える顔をしてるわね……貴方の【食事強化】に近いスキルよ」

「【食事強化】……ああ」

食った分が栄養じゃなく別のものに変換されてるのか。

「【魔力変換】。エネルギーになるものを取り込むことで私の魔力にするスキルね」

「すごいスキルだな……」

その話だとおそらく食べ物じゃなくてもいいってことだ。かなり便利そうだな。

それにしても……こうして声をかけられるたび相手をするミルムを見て一つ思ったことがある。

「最近あんまり人間相手の抵抗がなくなってるよな」

「それは……その……」

突然顔を赤らめて向こうを向くミルム。

「貴方が……いるからよ……」

「えっと……」

ぼそっとつぶやかれたその言葉に、返す言葉が見つからなかった。

なんとなく居心地がいいような悪いような、複雑な空気のまま賑わう商店街を二人並んで歩き続けた。

六話　縋り付いた相手【元パーティー視点】

「ふぅん。それがあんたたちの手土産ってわけ」

薄暗い部屋の中央にある作業机から、目線すら向けず女は静かにそう告げた。

その部屋は一言で表すなら研究室なのだが、その言葉だけでは片付けられない程に異様だった。

周囲には普通に生きていれば見ることすらない劇薬をはじめ、無数の薬品類や用途不明の魔道具が、文字通りうごめいている。

そしてなにより異質なのは、広大な部屋の半分を埋め尽くす巨大な狐の死体だ。

部屋に入ってきた三人の冒険者たちはその光景と異臭、そして巨大な狐か、はたまたその女によるものか判断がつかない常軌を逸したプレッシャーに気圧されていた。

「うっ……あれって……」

「妖狐か……!?　しかも九尾を超えた化け物がなんで……」

部屋を覆い尽くす骸(むくろ)からは、慣れないものには耐え難い悪臭が放たれている。

部屋に入った途端、クエラは顔をしかめてまずそちらに目を向けた。

本題から逸れる前にと普段は寡黙なメイルが前に出て話し始めた。

「……久しぶり。ミレオロ」

「メイル。あたしはあんたに貸しが作レるのがこの上なく嬉しいョ。ねェ？」

先程まで部屋のど真ん中に座っていたはずの女が、気づけばメイルの肩を組むように真隣に接近していた。

「なっ!?」

フェイドは思わず剣に手をかけるが、それ以上は動かない。

いや、それ以上、動くことすら出来なくなっていた。

「こんなので、勇者候補、ネぇ？　ほんトに？　ギルドは馬鹿なのかしらァ？」

ミレオロは静かに黙っていれば誰もが振り返る美貌の持ち主だ。

金髪碧眼の涼しげかつ気怠げな表情は男女問わず魅了する。

ただそれは、遠くから見ている時だけの話。

ミレオロの身長は人間の女の割には高い。猫背を正せば男の平均を超えるフェイドと並んでも見劣りしないほどだ。

そしてそれ以上に、冒険者であれば優に単体Sランクの条件を満たすだけの実力を持つ、その実力者特有のオーラが、近づく者全てに恐怖を煽る。

そのオーラは、単体でAランク、率いるパーティーをSランクまで高め、勇者候補とまで呼ばれるに至ったフェイドをして動きを止めさせるほどのものだった。

ここに来てフェイドは確信した。

自分ではまるで手に負えない妖狐をその手で殺し、ここまで運び込んできたのが紛れもなく目の前にいるミレオロであることを。

そして、部屋に入ったときから嫌というほど感じていたプレッシャーの正体もまた、この女一人だけによるものであったということを。

「くっ……」

震える身体を鎮めようと必死のフェイドを無視するように、メイルは魔法で浮かせていた手土産をミレオロのもとに差し出した。

「ミレオロ。これはデュラハンの首」

「デュラハン!?」

反応したのは声をかけられたミレオロではなく、クエラのほうだった。

「待ってくださいメイルさん！　それはロイグさんの……かはっ!?」

クエラが叫ぶが、ミレオロにひと睨みされただけで呼吸がままならなくなるほどのプレッシャーを感じ押し黙った。

いや正確には呼吸することさえ出来なくさせられていたのだ。

「まさかメイル……」

「かはっ……はぁ……メイルさん！　ロイグさんの遺体はメイルさんが供養したって！」

「ん……あれは、嘘」

あっさりと、何の罪悪感も持たず、こともなげにメイルは告げる。

「そんな……どうして……」

クエラが信じられないものを見る目でメイルを見る。

「騎士団は、首だけ見せればいい。でもミレオロは違う」

「流石メイル。よくわかってるじゃァない」

ここに来る前に、三人はすでに騎士団に接触を図っていた。

深く絡めば騎士団は立場上、その身柄を拘束したがる。メイルの魔法を使うことで直接顔を合わせることなくその証拠品だけを見せつけてきていたのだ。

その効果は覿面。

以降、騎士団の管轄下において三人が格段に動きやすくなったことは言うまでもない。

ただしそれが一時的なものであることは、メイルはよくわかっていた。

だからこそこの首を、もっとも借りを作りたくない女のもとに直接持ってきたのだ。

魔術協会会長。不死殺しのミレオロのもとへと。

魔術の繁栄と教養を広げるという魔術協会の影響力は、国も手出しを渋るほど大きなものになっている。日常に必要な魔道具の普及と進歩は魔術協会による貢献が大きい。

その立場を笠に着る形で、ミレオロは異種族に対する違法な研究を続けている。

不死殺し（アンデッドキラー）のミレオロ。

一昔前を知る者にとっては、ヴァンパイアハンターの筆頭。別名、紅血（こうけつ）のミレオロ。

アンデッドの最強種ヴァンパイアをはじめ、様々な不死の魔物を殺してきた。

ときにはエルフまでその手にかけ、異種族殺しとしての汚名と畏怖を一身に集める怪物がこの、ミレオロだ。

「ん。その代わり」

「わかってるわよォ。騎士団もギルドも、あたしが黙らせてあげるわ」

「ん……」

ニタリと口元を歪めるミレオロと、相変わらず無表情のメイル。

対照的な二人の独特の空気感を前に固まっていたフェイドとクエラだが、なんとかフェイドが口を開いた。

「待てメイル！　説明を」

「はァ？　あんたは弱いくせに頭も悪いのかしラ？」

軽い口調で告げられた言葉だが、ミレオロに睨まれたフェイドにとっては言葉以上の重みを感じるものになっている。

実際、そのプレッシャーで二の句が継げなくなっていた。

「ぐっ……」

言うだけ言ってミレオロの興味はデュラハンの頭と呼ばれたロイグの頭部に移っていた。

「ふぅン。なるホど。メイル、これはもうデュラハンになってイるのかい？」

「ん……わからない」

「わからない、ねェ？　面白いじゃない」

メイルの答えは一見すると機嫌を損なういい加減なものだとフェイドとクエラが焦りを覚えたが、ミレオロは逆に愉快そうに口元を歪めた。

「つまりこれから何かしらの変化を計測デきる。この顔は特段処理されレた様子もないというのに腐る様子もない。これは面白いわねェ。いいわ。ただ……」

「ん……もう一つ、手土産は用意する」

「流石メイル。もうそんな頭も力も弱い勇者なんて捨てて戻ってくレばいいじゃない」

メイルに対するミレオロの評価は高い。

メイル自身、魔術に関する能力では魔術協会のトップに立つミレオロに劣っているとは思っていない。

だが、二人の実力差は誰の目にも明らかだった。

そして今回のメイルの行動はミレオロの目から見て、その差を埋めるための、つまりメイルが自分の側へと近づいてくるための第一歩だと、これまでの評価を改め、歓迎していたのだった。

「私は私のやり方がある」

「ふゥん。ま、いいわ」

付きまとうようにメイルと肩を組んでいたミレオロが離れる。

「まずあんたたちの身柄が拘束されないように取り計らう。その手土産を用意するための準備に必要なものがあレば言いなさい」

「ん……」

メイルたち三人の目的は果たされたことになる。

だがその事態についてこられたのはメイルだけ。フェイドとクエラは完全に置いてけぼりを食らった形になっていた。

「おいメイル……」

「準備を。私たちが戦うのは化け物、ヴァンパイア。今のままじゃ勝てない」

「へェ。また面白いもんを手土産に考えてるじゃない」

「ん。ヴァンパイアと、元テイマー」

「元……？」

「あれは、別物。下手(へた)したら、ヴァンパイアより強い」

「なっ!?　そんな馬鹿な……ランドがそんな」

フェイドにとって、メイルの言葉はそう簡単に受け入れられるものではない。

だが、状況を冷静に見られているのは今、メイルのほうだった。

「ランドはもう、普通にやって勝てる相手じゃない化け物」

「そんな……くそっ！」

「だから、ロイグを……同じ化け物にした」


——デュラハン。


単体戦力でSランク超級。ミノタウロスはもちろん、下手をすればドラゴンゾンビをすら凌ぐ化け物がそれだ。

あれだけの瘴気を、生前実力だけは歴史に名を残すまで至っていた男が受けていたのだから、その力は常人を卓越したものになっていると、メイルは踏んでいた。

「なるほどねェ。そいつらのうちどっちかでも解剖させてくれるって言うなら、あんたたちを狙う動きは完全にとめてやってもいい。そして——」

たっぷり溜めをつくってからミレオロが告げる。

「もし片方でも生け捕りにしてきたら、あんたらを勇者パーティーにしてやってもいい」

「なっ……！　本当か!?」

食いついたのはフェイドだった。

「へェ。やっぱり、こんな状況だってのに諦め切れないんだねェ、勇者くん？」

「っ！　いや、それよりも」

「熱くなるんじゃァないよ。あたしにはそれだケの力がある。そうだロう？　メイル」

「ん……ミレオロなら、出来る」

ランドを犠牲にして以来、ずっと暗雲が立ち込めていたフェイドの心の中に、ようやく一筋の光明が見出せた瞬間だった。

「よし……やるぞ……」

「生け捕り……片方でいいなら、あのヴァンパイアを……」

クエラの頭の中では、悪鬼ヴァンパイアによってランドまで悪に染まったものということになっている。

そこからランドを救い出すことだけが、クエラが聖女として認められるために必要な要素になっていた。

いやもう、そう考えなければ今の状況は、聖女としての期待を背負い続けたクエラにとって耐えられるものではなくなっていたのだ。

「なァ、メイル。あんたのお仲間、もうおかしくなっちまってないかい？」

「……」

ミレオロのその言葉に、メイルは何も答えず、静かに淡々と必要なものを要求し続けた。

「ま、いいわァ。思ったより楽しめそうだし」

ニヤリと顔を歪ませるミレオロが、表情を強張らせる三人との対比を際立たせるようだった。

七話　セシルム辺境伯

「さて、いよいよ辺境伯邸か」

アールに乗ってたどり着いたのはセシルム辺境伯の屋敷。

屋敷というかもうこれは……。

「城だな」

「城ね」

この城を前にするともう、ギルド支部や教会ですら敷地内にこぢんまりと言えるのではというくらいの規模の差がある。

そもそも門から建物までの距離がありすぎて危うくいきなり建物の前にアールを駐めるところだったほどだ。

普通に敷地の中に竜が降りられるくらいの庭園があるのがおかしい。

「何者だ!?」

そのせいで守衛に声をかけても警戒心丸出しで出迎えられることになっていた。

突然空からやってきたらそりゃ驚くだろうな……。

「ああ……俺たちはセシルム卿の招待を受けてやってきた冒険者だ。俺はランド、こっちが……」

「ミルムよ」

ギレンに用意してもらった紹介状を確認してもらう。

「確かに、紹介状だ……。失礼しました！　すぐに取り次ぎます」

「ありがとう」

やってくるお客さんなんて貴族や商人のおえらいさんだろうからな。冒険者がやってくるだけでも警戒しているかもしれない。

しばらくすると迎えが来たと守衛に中に通された。

そこで待っていたのは……。

「竜車!?」

敷地内でそんなものまで出すのか……。

もちろんアールのような飛竜ではないが、地竜は馬の何倍も高い。というか王族でもなければ使うこともお目にかかることもないと思っていた……。

すごい世界に来てしまったな……。

「主人より特に手厚くもてなすよう仰せつかっております」

「ど、どうも」

執事に案内され竜車に乗り込む。落ち着かない俺を尻目にミルムは流れるような所作を見せていた。

「ずっと一人だったはずなのにどこで覚えたんだ……？　そういう所作って」

「うるさいわね。……でも、そうね……。生まれながらに王家なんだから身体が覚えてるんじゃないかしら？」

「何だそれずるい……」

俺は根っからの庶民。Sランクパーティーになってからもこういう場に出ることはなかったので緊張でうまく動けないほどだった。

そのまま部屋に通され、そわそわした状態で城主であるセシルム辺境伯との面会を待つことになった。

「よく来てくれたね。歓迎するよ」

現れたのは四十代くらいの身なりの良い男性だった。

いや貴族なんだから身なりが良いのは当然なんだが、直前に見たグリムと比較しても明らかに品が良い。グリムの場合あの不摂生さが目立つ腹のせいで高そうな生地が台無しになっていたのもあるが……。

ギレンに聞いていた話より若く見えるのは、人の良さそうな表情とその明るさからだろうか。グリムと比べればハキハキとしたその口調からだろうか。

ひと目見て敵意がなく、悪い人間ではないことは窺い知れた。

「えーっと……お初にお目にかかります」

「ははは。固くならないでくれたまえ。君たちはお客さんであり、私の長年の悩みの種を取り除いてくれた英雄、恩人なのだから」

「そうですか……」

「敬語もいらないさ。冒険者というのはそういうものだろう？」

よく冒険者を理解してくれている貴族だった。

好意的に迎えられたようで少し安心した。

セシルム卿の言った通り、冒険者は言葉遣いに気を使わない。

そもそも気を使ってもそんな上品に喋れないという話もあるが、腕っぷしで勝負する冒険者たちは、悪い言い方をするなら舐められることを避けるためにあえてそうしているという側面もある。

とはいえ、流石に王族や大貴族を相手にする場合は普通冒険者側も配慮が必要なんだが……。

「うん。君たちは私の英雄。ランド殿もぜひ、そう振る舞ってくれると嬉しいね」

「わかり……わかった」

落ち着かないがまあ、相手が言ってくれているならこのほうが自然か……。

それにしても本当に、出された紅茶を優雅に飲むのが非常に様になる二人だった。身分の違いを見せつけられるようだな……。

「わざわざ呼びつけるようになってしまって悪かったね」

「いや、問題ないで……問題ない」

「はは。ありがとう。しかし空から来たと言っていたね。いやぁうらやましい限りだ。一度は私も空の移動を楽しみたいものだ」

情報が入るのが早いな。門番と話す機会があったようには思えなかったが……。

これだけの規模だ。なにかそういう魔道具が屋敷にあるのかもしれないな。

「機会があれば是非」

「良いのかい？　いやぁ楽しみだ」

少年のような顔つきになったセシルム卿を見て、少し緊張がほぐれた気がした。

「さて、早速だが本題に入ろう。まずはドラゴンゾンビの討伐の件、本当に助かった。ありがとう」

大貴族であるセシルム卿が俺たちに頭を下げる。

それだけの出来事だったのかと改めて思い知らされた。

「ギルドにはそれなりの金額は預けたつもりだったけど、受け取れたかい？」

「それはもう……十分すぎるほどに」

「はは。それは良かった。だが私は、それでは足りないと思っていてね」

あれだけでも十分すぎるというのに……。

ギレンも言っていたがそれだけ重要だったんだろうな。

ただそれだけではないだろう。他の貴族ならあそこまでの金額は動かさないだろうことはギレンも言っていた。

セシルム卿の人柄がここでも垣間見れるというものだった。

「他に望むものがあれば用意しようと思っている。爵位も、屋敷も。んー……娘、は少し幼いが望むなら」

「いやいや!?」

「あら。辺境伯の娘がまだ空いているのね」

「まあそろそろそういった話もでてくるだろうがねえ……。まだ七歳。どうせなら本当に、ランド殿のような人にもらってもらうほうが幸せな気がしているけれど」

父の顔を覗かせるセシルム卿。

だがそれも一瞬のことだった。

そもそも俺も貴族の娘と結婚なんて考えられない……というより、七歳の娘と婚約なんてしたくないしなぁ。話を変えよう。

「その前に爵位とか……そんな自由に出来るものなのか……」

なんとなくのイメージでそういうのは国王か、少なくとも中央の役職のあるものたちで決められるのかと思っていた。

「ああ。独断でも子爵くらいまでなら……」

「子爵!?」

国の要職につくこともあるような爵位じゃないのかそれ……。

「あら、いいじゃない」

「簡単に言うな」

ただまぁ、ミルムがいれば統治とかのことは……いやこいつ孤高の王なんだった。だめだ。

「とても失礼なことを考えている顔をしているわね」

鋭いな……。

ミルムに睨みつけられながら、なんとか話に戻っていった。

「まあそれはおいおい考えてくれればいいとして、どうだい。屋敷くらいは受け取ってもらっても？」

「屋敷か……」

「ここからほど近い……とは言えないんだが、君たちの移動手段であればあっという間だと思うねえ」

地図と鍵を取り出すセシルム卿。

トントン、と地図で指し示した場所は確かに、森を抜ける必要があるが、空から行く分にはそう遠くはないだろう。

「本当は分家の一族が治めていた土地なんだが、今はもう誰もいない屋敷だけが残っていてね。遊ばせておくのももったいないと思っていたんだ」

「なるほど……」

これまでは拠点もなく活動してきたけど、アールがいれば移動もあっという間であることを考えれば悪い話ではないかもしれない。

ただ、これは好意でもらうにしては大きすぎるものだ。何か思惑があるのかもしれないな。

考え込んでいるとセシルム卿が口を開いた。

「流石はSランクパーティー。慎重だね」

「そういうわけでもないけど、まあ何かあるのかと気にはなるな」

「よし。正直に話そうじゃないか」

「なにかあるのか……」

「いやなに……竜の墓場とまでは行かずとも、あの地も出るんだよ。アンデッドがね」

「ああ……」

人の気配があった場所が長らく放置されるとアンデッドが発生すると言われている。

しばらく人の出入りのなかった辺境の屋敷などまさにうってつけの環境だろう。

「貴方の領土はそんなのばかりなのかしら」

「はは。耳が痛いねえ。ただ、いたとしても低級のアンデッドであるゾンビやスケルトンくらいだろう。軽い掃除と除霊。報酬は屋敷。どうだい？　あまり悪い話ではないと思うのだけれど」

「ふぅん。私は貴方に任せるわ」

頬に手をついて流し目でこちらに判断を委ねるミルム。

まあネクロマンサーにとってはやりやすい依頼だ。

屋敷も一応、もらって困るものではないだろう。

「わかった」

「よーし」

そのまま広げていた地図と鍵をまとめて袋へ入れてくれるセシルム卿。

作業をしながら何かを思い出したようにつぶやいた。

「ああそうだ。屋敷に魔道具があってね。私の屋敷とは相互に連絡が取れるものなんだ。ぜひ使ってくれたまえ」

連絡が取れる魔道具……。やっぱりあったか。

だから門番と連絡が取れていたんだな。

俺が一人で納得しているとミルムがニヤリと笑ってこう言った。

「なるほど……それが狙いだったのね」

「え？」

ミルムが言葉を続けて補足してくれた。

「貴方、思っているよりこの貴族に評価されたようよ」

「どういう……ああ……」

そこでようやく気づく。

今回の話し合いの目的はセシルム辺境伯が俺たちと繋がりを持つためだったということだ。

思えば爵位も……娘もそうか。

流石にこちらはどこまで本気かわからないまでも、屋敷よりも直接的かつ大々的に繋がりをアピールするものということになるからな。

「そういうことだ。これからもよろしく頼むよ。ランド殿、ミルム殿」

ニヤリと笑って握手を求めてくるセシルム卿。

してやられたと言えばそうだがまあ、俺としても国の五大貴族といっていい辺境伯家との繋がりが持てたのは悪い話ではない。

そういえばフェイドたちも何人か繋がりを作っていたよなぁ、貴族と。流石に辺境伯ほどの大物を相手にしているのは見たことがなかったが。

「ああ、よろしく」

差し出された手を受け入れた。

「ところで」

「ん？」

握手をしながらセシルム卿が声をかけてくる。

その表情はどこかこれまでのものと違って、親しみを込めた……というより、少年のような子どもっぽさを伴うものになっていた。

「ここからは一人の男としての興味だ。君たちの強さを見せてほしいんだが、どうかな？」

「強さ……？」

どういう意味だ？

戸惑っているとセシルム卿がこう続けた。

「まあまずは一人、紹介させてもらえるかな？」

返事を待たず扉に向けて声をかけるセシルム卿。

「入っておいで」

「はっ！　失礼いたします！」

女性の声だ。

ほどなくして声の主が部屋に入ってきた。

「セシルム家第二騎士団、アイル。ただいま参上しました」

「うむ。紹介しよう。我が騎士団の誇る精鋭の一人、アイルだ」

強い……。セシルム卿の言葉通り、それなりの実力者のようだった。

冒険者ランクで言えばBランク上位か……場合によってはAランクもあり得るといったところだ

ろうか。

騎士らしい鎧姿は、スタンスというよりは珍しい存在である女騎士という立ち位置でうまくやりくりするためという要素が強く感じられる。装備がこれなら女だからと舐められることもないだろう。

並の兵士では揃えることの出来ないであろう鎧装備を整え、傍らには兜まで携えている。

一方で金髪をまとめたその髪型や凜とした碧眼からは気品の漂う雰囲気が感じ取れていた。

何故かこちらを睨みつけているけれど……。

「アイル。こちらが話していたランド殿とミルム殿だ」

ビシッとしたお辞儀をしてそれっきり動かなくなる。

「君たちにぜひ、我が騎士団員への稽古を頼みたいのだが、どうかな？　報酬はそうだな……秘蔵のワインと、ミルムくんが気に入ったと思われるお菓子で」

悪戯っぽく笑うセシルム卿。

最後の一言でミルムはすっかりやる気だ。もう目が金色に輝いているくらいには……。

このわずかな時間で俺たちを誘導するためにはミルムが肝であること、そして何を提供すれば自分の要望が通るかをしっかり把握してくるところが流石と思わせる。

セシルム卿本人は悪戯をした子供のような憎めない笑みで笑っていた。

八話　模擬戦

「おお……」

最初にアールを着地させようとした広大な敷地は、訓練施設にもなっていたらしい。入るときには見なかった騎士団がずらっと整列していた。

それだけでも壮観だったが、現れたセシルム卿を見て更に姿勢をただした姿はもう圧巻といえるほど整ったものだった。

「私兵団でここまで訓練されているのはすごいわね……」

ミルムも唸(うな)るほどだ。

アイルが隊列に入り改めて敬礼していた。

「さて、今日は高名な冒険者であるランド殿とミルム殿をお連れした。Sランクパーティーとして活躍する二人だ。ぜひ君たちの日頃の鍛錬の成果を見せてほしい」

セシルム卿に促されて頭を下げておく。

「たまに私のところを尋ねてくれる冒険者に手合わせを頼んでいるんだ。アイル殿をはじめ、精鋭クラスはAランク冒険者程度なら一騎打ちで渡り合う力がある」

「だから睨まれてるように感じたのか……」

要するにお前らはどの程度なのかと値踏みされていたわけだ。

Aランク相手に互角ということであれば、Sランクパーティーと紹介した程度では響かないこともわかる。

フェイドたちもそうだが、単体ではAランクまでの実力でありながらSランクパーティーとなる例が多いからだ。

つまり現状、俺たちは下手すれば格下だと思われている。

そんな状況にもかかわらずミルムが爆弾を落とした。

「で、どのくらい加減すればいいのかしら？」

「おいおい……」

ミルムの明らかな挑発に殺気立つ騎士団員たち。

「はは。出来れば本気を見てみたいところだけれど……死なない程度にお願い出来るかな」

「わかったわ」

流麗な所作で広場の中央に進み出るミルム。

セシルム卿が補足するように話を続けてくれた。

「もともとは竜の墓場に何かがあれば自分たちが、と思ってこれまで鍛えてきたのがこの騎士団だ」

「余計状況が悪い……」

それでこんなに敵視されるような空気感だったのか。

長年の目標だった竜の墓場の有事をポッと出の冒険者がかっさらったようにも見て取れる状況。

セシルム卿は自分の興味といったが、これは騎士団のガス抜きという意味合いも強い気がしてきたな……。

もしかするとミルムもそれがわかっていてあえて挑発したのかもしれない。

出来れば俺は穏便に過ごしたいのだけど……。

「貴方も来るのよ」

「やっぱり……」

「あとあの子たちも並べてあげて」

ミルムの作った空気感の中で歩み出るのは恐ろしいんだが、まあもう今更か。

「おいで」

『キュオオオオオン』

『グモォオオオオオ』

『きゅるー！』

レイ、エース、アールがそれぞれ並ぶ。

はじめて騎士団の面々がざわめいていた。

「なっ……フェンリルにミノタウロスにドラゴンだと⁉」

「どれもSランク超級の化け物じゃないか……」

「テイマーとは聞いていたが……ここまでのは初めてだぞ」

見せたかいがあるな。

レイたちのおかげで敵対する意識が薄まったように感じた。

「おお……これはすごい」

セシルム卿も感心するように使い魔たちへ視線を向けている。

これで多少は穏便に済ませられるかと思ったが、ミルムが再び爆弾を落とす。

「まずは一騎打ちを受けてあげるわ。挑みたいところに並んでもらおうかしら」

ミルムの宣言を受けて騎士団員たちにざわめきが起きる。

「挑みたいところ……？」

「まさか俺たち全員を相手するつもりなのか？」

「というかあれ、テイマーとしてじゃなくてフェンリルたちとも一騎打ちってことかよ⁉」

騎士団員たちの叫びが聞こえる。

同時に俺の心もざわめいていた。

「俺も一人で相手するのか……」

「心配しなくてもここに貴方に勝てる相手はいないわ」

「またそういうことを言う……」

　レイやエースを見てほとんどの騎士団員が戦意を失ったとはいえ、まだ敵意を剥き出しにしているものはいるのだ。

　その中には先程の女騎士、アイルの姿もある。

「いいじゃないか。よし、今日は階級も何も気にしないで良い。個人の自由で挑む挑まないは決めて良いものとしよう」

　セシルム卿の声に騎士団員たちがそれぞれ反応する。安心したように息をつく者から、闘気を溢れさせるものまで。

　しばらくして、数名の騎士が前に進み出てきて話を始めた。

　あれ？　待てよ？　この並びでやると俺、レイたち無しで戦えってことなのか……？

　不安になる俺の気など知らず騎士団員たちは話し合いを終え歩き出す。俺の前には一人の大男が進み出てきた。

「第一騎士団団長、グロイスだ。お手合わせ願いたい」

「ああ……えっと、お手柔らかに？」

　団長が来たぞ!?　と恨みを込めてミルムのほうを見るとあちらも別の団長に声をかけられているようだった。

「第二騎士団団長、フリュードと申します」

フリュードと名乗る男はこちらの大男と違いかなり整った顔立ちの、いうなれば貴族らしい男だった。

ミルムは余裕を持ってフリュードに問いかける。

「ふうん。騎士団はいくつあるのかしら」

「常駐している騎士団は二つです。有事の際に動けるよう団長は五名おりますが……」

「わかっているわ。強いのはあんたたちじゃないわね」

「手厳しい……おっしゃるとおり。団長は強さでは選ばれておりません」

その男がそれまでの柔和な表情を一転させ、ミルムに相対する。

「ですが、私が弱いということではありませんので、お気をつけて」

ミルムが笑う。

レイたちのもとにもそれぞれ騎士団員が来ているようだった。

ミルムとフリュードの会話からしておそらく、全員が各団の団長ということだろう。

「じゃあ、やろうか」

目の前に立つグロイスも一気に雰囲気が変わる。

これは確かに、Ａランク相手に渡り合うというのもうなずける。というより、並のＡランクなら圧倒するだけの力を持っていた。

「よろしく」

だが俺は一応Sランクを名乗る許可をもらった冒険者。レイたちなしでも勝たないといけない……のか？　でもテイマーって使い魔込みでの強さだよな？　普通。

いや今更何を言っても仕方ないか……。

今回の目的はおそらくだが、騎士団員たちがくすぶらせるドラゴンゾンビ討伐への思いを払拭させることになるはずだ。

セシルム卿の思惑を汲み取り恩を売るという意味では勝たないといけないのはわかる。

「では、それぞれ準備はいいかな？」

セシルム卿が合図を出すらしい。

相手の実力がどこまでのものかはわからないが、やるしかないな……。オーラだけで言えば、勝てない相手ではないし。

「それでは……はじめ！」

セシルム卿の開始の合図を受け、それぞれ一斉に動き出す。

模擬戦が始まった。

グロイスは巨体を生かした大剣使いのようだ。

スピードよりパワーで戦うタイプ、だとすれば、【超怪力】の力の見せ所だ。

グロイスが大剣を上段に構え、姿勢を低くしてこちらへ改めて視線を飛ばしてくる。

「いくぞ……！」

グロイスの初動はこちらの予想していたパターンから大きくかけ離れたものだった。

「なっ!?」

「ふんっ。油断したな」

なんとグロイスはたった一歩の踏み込みでこちらの射程内まで飛び込んできたのだ。

完全に不意をつかれた俺の頭に、身体ごと叩き潰すほどの一撃が振り下ろされる。

――ガンッ

「なにっ!?」

だが今度はグロイスが驚く番。

体格差の大きい俺がその一撃を剣で受け止めたからだ。

「おいおい……寸止めだったからか？」

「いや、あれはそんな威力じゃなかっただろ……」

「それに寸止めだとしても、団長の一撃はほんとに直前まで威力が落ちないんだよ。剣で受けられるのはおかしい！」

ギャラリーになっていた騎士団から声が上がる。

「ぐっ!?」

上から大剣を押し込もうとするグロイスだが、動かないどころか俺に押し返され始めている。

「おい!?　団長が押し負けてる!?　しかも下からだぞ!?」

「馬鹿な……こないだ来てたAランクの冒険者だって歯が立たなかった団長なのに！」

「いやでも！　団長がつええのは力だけじゃないだろ！」

不利と見たグロイスが鍔迫り合いを解き、あっという間に射程外へ跳ぶ。

あの巨体であの身のこなしはすごいな……。

にしても、スキル様様だな……。【超感覚】【超反応】【超怪力】は本当に、これのおかげで俺の守りはある意味自動防御と言っていいほど堅いものになっていた。

中でも【超怪力】はエースたちと戦ったときに得た頼りになるスキルだ。

まあロイグに力負けしなかったんだからこんなところの騎士に負けるとは思っていなかったけど……。

認めたくはないがあれでロイグは実力だけは本当にすごかったからな……。

いやあの性格で王都騎士団の団長になるほどだったんだ、実力が抜きん出ていなければありえない話だ。

あのパーティーで単体でSランクに一番近かったのもロイグだろう。むしろ実力だけなら十分Sランクでおかしくはなかった。

周囲の目を気にしてリーダーのフェイドよりランクが高くなるのを避けただけだったはずだ。

と、余計なことを考えている場合じゃない。

「勝負の途中に考え事たぁ、随分舐められたもんだなぁ!?」

横薙ぎの剣撃が振るわれる。

これもスキルのおかげできっちり止められるんだが、問題はここからだった。

「ちっ!?」

再び距離を取るグロイス。

困ったのは模擬戦の決着をどうつけるかという点だ。

俺の攻撃手段は基本的にレイたちによる物理攻撃か、賢者の残したエクストラスキル【白炎】と【雷光】、そしてその複合スキルである【バーストドライブ】のみだ。

どう考えても威力が高すぎる。模擬戦で使っていいスキルじゃない。

かといって【初級剣術】では足りない。

他の攻撃手段だと……【竜の息吹】？　いや、絶対加減出来ない。

「くそっ！　どうあってもてめえから仕掛けてはこねえってか！」

しびれを切らしたグロイスが再び突進してくる。

「喰らえ！」

「あれは！　団長の必殺の……！」

「模擬戦で出すのか!?　あれ!?」

「死ぬだろあいつ」

え、死ぬのか俺!?

大剣を突きの要領で身体の前に据えながらまっすぐ突進してくるグロイス。

その周囲には炎の渦が巻き起こっていた。

「炎竜牙！」

「仕方ない……【夜の王】」

「なにっ!?」

これと【黒の霧】はヴァンパイアだということを隠さなきゃいけないという意味ではあまり使いたくなかったけど……他に思いつかなかったしやむを得ないだろう。

むしろセシルム卿には教えておいたほうがいいと割り切ろう。

突進してくるグロイスを顕現した無数のコウモリたちが包み、動きを封じた。

「【竜の咆哮】」

「ぐあっ!?」

周りへの影響もあるから控えようと思っていたが、これで勝負を決めさせてもらう。

【竜の咆哮】は威圧の上位互換。実力差があればあるほど相手の被害が大きくなるのだ。

「なんだこれ……!?　動けないぞ……」

「おいあっちは喋れなくなってんぞ」

「いやあいつ倒れたぞ!?」

あ、思ったより被害がひどい。

流石に団長を任されるだけあり、グロイスは一番近くで直撃を受けたというのに膝をつく程度で収まっていた。

だがこれ以上【竜の咆哮】を放ち続けると周りの騎士団員が危ないからな……。

さっさと終わらせよう。

「これで勝負あり、でいいか？」

倒れ込んだグロイスの首筋へ剣を当てる。

「くっ……参り、ました」

「ふぅ……」

何とか勝てた……。

いや倒すだけなら良いにしても、模擬戦の場合は力量に差がないと決着の付け方が難しいな。

その点、ミルムは凄かった。

「あら。終わったみたいね。私たちも終わらせましょうか」

「はぁ……はぁ……くそっ！」

ミルムは【夜の王】と【黒の霧】でフリュードの攻撃を躱し続ける。ミルムの場合洗練されすぎていて、はたから見るとただの闇魔法使いにしか見えていなかった。

時折フリュードの影から黒い人形のようなものが飛び出てフリュードを襲い、すぐに【夜の王】の作る影に呑み込まれて消えていく。

ミルムはほとんど動いていないのに、フリュードだけが戦わされ続けている状態だ。

そして、こちらの戦闘が終わったことを横目に確認した次の瞬間……。

「はい。これで終わりね」

「なっ!?　ぁ……」

パタン、とフリュードの身体が糸が切れたように倒れた。

「殺してはいないわ。意識は刈り取ったけれどね」

涼しげな顔でそう告げるミルムに、セシルム卿は苦笑いしか出来なくなっていた。

ちなみにレイに挑んだ他の団長は完全にレイに遊ばれていたが、こちらが終わったのを見てレイが武器を噛み砕いたことで終了した。

エースの相手は最初の鍔迫り合いの時点で吹き飛ばされたのが見えていたのでとっくに終わっている。

そしてアールの相手に至っては、もはや始まってすらいなかった。

「ひっ……」

アールの前にはガタガタと震えて立ち尽くす騎士。

本家の【竜の咆哮】を直に浴びたんだろうな……。

「いやぁ……本当に強いね」

セシルム卿が拍手をしながら近づいてくる。

「このぶんだとドラゴンゾンビも楽勝だったんじゃないのかい？」

「まさか。私は身体を半分持っていかれたわよ」

ミルムの言葉にざわめいたのは騎士団員たちだった。

「嘘だろ……!?　フリュード団長の攻撃をあんなにあっさり躱してたのに!?」

「いやそもそもあの強さでそんな苦戦する相手って……」

「なあ……俺たちが行かなくて、良かったんじゃないのか？」

どうやら目的は達成出来たらしいな。

騎士団員たちの顔から敵意が薄れたのを感じた。

「貴方のほうが苦戦したんじゃない？」

「そうだな……死にかけたし、そもそも最初は身動きすら取れないくらい力に差があったからな」

意図を汲み取って話に乗っかる。

狙い通り、騎士団員たちだけでなく、団長のグロイスを含めてこちらに対する見方が柔らかくなった気がした。

「で、本番はこれからなんでしょう？」

ミルムが期待を込めてそう告げるが、セシルム卿の返事は歯切れが悪いものだった。

「はは。そりゃあ団長よりも一騎打ちが強い団員はたしかにいるんだが……いまのを見て挑めるほどの者は……」

セシルム卿がそう言いながら団員たちを見渡すが、一斉に目をそらした。

そんな中、一人だけ前に進み出る騎士がいた。

「失礼します！」

「おや？」

現れたのは先程の金髪の騎士、アイルだった。

「アイルが行ったぞ……」

「よくあんなの見たあとでいけるよな……流石アイルだ」

「確かに今一番強いのはアイルかもしれないよな……気も強いけど」

周囲からの評価も高いようだ。

そしてきつい印象の見た目通りの性格であることも窺えた。

顔立ちは整っているんだが、いかんせん表情が常にこちらを睨みつけてきているから印象が怖い方向によってしまっていた。

「確かにそうだねえ。いい経験になるかもしれない」

「では……」

「だが」

やる気満々のアイルを制してセシルム卿はこう言った。

「もっといい案があるんだ」

「いい案……？」

セシルム卿の言葉にアイルが首をかしげていた。

「アイルくんには彼らを屋敷に連れて行く道案内をしてもらいたい」

「は、はあ……」

セシルム卿の口から出た良い案の中身は、俺たちはもちろんアイルにも想定外のものだったようだ。

今にも戦おうとしていたのに出鼻をくじかれた形になったアイルは、気の抜けた返事しか出来なくなっていた。

「二人も、ぜひ彼女を連れて行ってやってほしい」

「なるほど……」

ミルムはそれで納得したのか、戦闘モードを解除する。

見ようによっては獰猛(どうもう)ささえも窺える金色に輝く目からスッと光を収める。

いつもの赤い目に戻り、オーラも引っ込んでいた。

「いいのか？」

ミルムに確認する。

繋がりを維持したいという辺境伯セシルムの意図はわかるし、別にこちらもそれを拒むつもりはないのだが、一人連れて行くとなると話が変わる。

「ま、いまの私たちの状況を考えるなら悪い話ではないわ」

「どういう……」

疑問を感じた俺以上に、アイルが納得がいっていない様子だった。

「ですが！」

感情を露わにして叫ぶアイル。

にこやかに笑ってセシルム卿はこう答えていた。

「勝負はそうだな……無事に二人を送り届けたらそのとき改めてということにしようじゃないか。二人は大切な客人。そして騎士団でいま、もっとも強いのは君だ。アイルくん」

「あ、ありがとうございます……」

突然褒められて顔を赤くするアイル。

なんかミルムと同じ気配を感じるな。

考えがバレたのかミルムに睨まれたのでこれ以上考えるのはやめよう。

「大切な客人に万が一があってはいけない。君の役割は道案内と護衛だ。出来るね？」

「はい！　必ずや！」

「よろしい。というわけだ。二人もそれで良いかな？」

人の良い笑みを浮かべたセシルム卿。

なるほど……。アイルの扱い方はなんとなくわかった。

ただいまいちセシルム卿が何を考えてるかわからないんだよなあ。

ミルムはわかっているみたいだし、考えてもわからないなら害がないことは受け入れるか……。

まあセシルム卿が戦いを止めた意味だけはわかる。

少なくともミルムや俺と戦ったあとじゃあ頼みにくかっただろうからな。あくまで強いアイルが俺たちを守る、その建前は必要なんだろう。

「第二騎士団アイル！　これよりお二方の護衛任務に入ります」

「よろしく頼むよ」

「はっ！」

セシルム卿がアイルを改めて捕まえて説明をはじめた隙に、ミルムがさっきの話を補足してくれた。

「私たちはこれから、嫌でもあのセシルムという貴族の影響を受けるわ」

「それはまあ……大貴族だしな」

こうして関わった以上、多かれ少なかれそういう見られ方はすることになるだろう。

場合によってはお抱え冒険者と見られてもおかしくはない。

「貴方、貴族社会の知識に自信があるかしら？」

「いや……ああ、そういうことか」

「私も今のこの国でどんなしきたりがあるかまでは知らない。その点あの子は多分、元々生まれがそちらだから役に立つわ」

「役に立つ……か」

言い方は悪いが、要するに貴族社会の知識がない俺たちにとってはありがたい存在というわけか。

あれ……？　ということは？

「この道中、何らかの形であの子が私たちと一緒にやっていくことになるというのが、セシルム（あの男）の思惑でしょうね」

「騎士団の精鋭を……」

「そのくらい、貴方を繋ぎ止めておきたいということよ」

ミルムが笑ってそう言う。

実感がないが、それだけの評価を受けている可能性があるということか……。

ならせめて期待に応えられるよう頑張ることにしよう。

「さて、私はそろそろ次の予定だ。引き止めて悪かったね。少し休憩したら業務に戻ってくれたまえ」

「かしこまりました」

俺と模擬戦をしたグロイス第一騎士団長が答える。

そのままの流れでセシルム卿は第二騎士団長フリュードに声をかける。

「アイルくんは勝手にもらっていって悪いけれど」

「重要な任務ですので……実力ある団員を失うのは惜しいですが」

フリュード第二騎士団長の言葉にアイルの頬がまた緩んでいた。

その様子を見てセシルム卿がこちらに声をかけてきた。

「ではランド殿、ミルム殿、こちらへ」

「貴方の次の予定はいいのかしら？」

「まあ問題ないさ。貴族同士の面倒な話だからねえ。私もこうして息抜きをしてから臨ませてもらいたいわけさ」

セシルム卿の次の予定は貴族との面会とのことらしい。

「ところでお二方、お時間はまだお有りかな？」

ミルムを見ると任せると目で訴えられた。

「大丈夫だけど……」

「そうかいそれは良かった。もしよければ、会う予定の者に紹介だけでもさせてもらえるかな？　君たちもこれから貴族と顔を合わせることは多くなるだろうし、一人でも繋がりがあるとなにかに使えるときがあるんじゃあないかと思うんだが」

これからいろんな貴族と顔を合わせる……のか？

考えがバレたのかミルムにこう言われた。

「諦めなさい」

「やっぱりそうなるのか……」

仕方ない。

どのみち断るわけにもいかないしな。

「話はまとまったかい？」

「ああ……」

「そうか良かった。アイルくん、その間に準備を整えておいてもらえるかな？」

「承知しました」

準備か。

地図を見る限りアールならほんの一瞬なんだが……まあいいか。

色々他にも持っていかないといけないものはあるだろうし、荷物が多くても【宵闇の棺】があれば問題ないしな。

「で、会うのは良いけど何をするのかしら？」

「ああ。特になにかするわけじゃないさ。私が君たちのことを自慢したいだけだからねえ」

セシルム卿はおどけてそんなことを言っていた。

九話　グリム男爵の末路

「くそう……あの忌々しい冒険者どもめ……そしてマロン、あの馬鹿め。私を怒らせるということがどういうことかわからせてやる……」

辺境伯邸、館に入ってすぐの待合スペースに一人の男が座っていた。

ぶつぶつと喋るその男は、顔の大きな貴族風の格好をした男だった。

その男がしきりに貧乏ゆすりを続けており、そのリズムに合わせて大きな顔にぶら下がる二重顎がタプタプと揺れ続けていた。

「冒険者ごときなんとでもなる……Sランクだろうとこの私、グリムにかかれば……」

セシルム辺境伯邸を訪ねていた男、グリムは私怨によりどうしても冒険者と商人を失墜させたい願望があった。

ミッドガルドは巨大商会だが、それでもやはり辺境伯に比べれば影響力は少ない。

ましてSランクといえど一介の冒険者パーティーなど、自分の力でどうとでもなると思っていた。

「それに調べたがまだなりたてのSランクだ。あんなもの大したこともないだろう……もののついでに痛い目に合わせてやればいい」

もちろんグリムの認識は一般的な認識と大きく異なっているが、親のあとを継いで以降、自分のやり方に口を出す無能な部下はすべて切り捨ててきたせいで誰も彼を止めなかった。

ミッドガルドを敵に回し、Sランク冒険者を敵に回すということがどういうことかなど考えていないのだ。

仮に辺境伯の影響力が大きいにしても、だ。その辺境伯が自分のために動いてくれると何の根拠もなく思い込んでいるところもまた、彼の甘えきったこれまでの人生をそのまま表しているようだった。

「くそう……まだか……今すぐにでもこの怒りをなんとかしたいというのに………」

グリムはセシルムを待つあいだもイライラを隠しきれない様子だ。

しきりに貧乏ゆすりをして、ブツブツと何かをつぶやき続ける厄介な来客を、使用人たちも一歩引いて様子を見ていた。

「ミッドガルド商会ともども、私を馬鹿にした罪は償ってもらうぞ……！」

グリムの作戦はこうだった。

手元には偽装したミッドガルド商会の汚職に関わるデータがある。そこに新たなSランクパーティーとなったランドたちも関わっていたことにしてあるのだ。

このデータを基に辺境伯セシルムの後ろ盾を得たうえで、ランドたちとミッドガルド商会へ打撃を与えようというのが、グリムの用意した作戦だった。

うまく偽装データを基にしたミッドガルド商会への攻撃が成功すれば、大商会の不正を暴いた自分とその後ろ盾となったセシルム卿の株を上げることになる。

まさに一石二鳥の作戦。

そう意気込んでわざわざやってきたのだ。

そしてようやく、待ち人が現れた。

「これはこれはグリム卿。わざわざこんなところまで来てもらえるとは」

「いえ、セシルム卿こそお忙しい中わざわざお時間を頂いてしまい……なっ!?」

グリムの待ち人は思わぬ人物……グリムにとって最悪の人物を連れて現れていた。

「おや。驚かせてしまいましたか。ご存知の通り二人は私の恩人、新進気鋭の冒険者パーティーですからな。グリム殿もやはり知っておいででしたか」
「そ……それはもちろん……」
冷や汗の止まらないグリム。
余計なことを言うなという視線を俺たちに向けてくるが、その動作がとどめとなってミルムが動くことになってしまった。

「あら。ミッドガルドの本店で私を下品に誘った男がこんなところで何してるのかしら」

「貴様ぁあああああ」

ものすごい形相でミルムを睨みながら小声で抗議するグリム。

「おや？　それは本当かい？」

「いえいえまさか。他人と見間違えたのでは……」

「ミッドガルド商会の主人にも喧嘩を売ってたわよね？　確か名前は……グリムだったかしら」

「ぐぬぬ……」

怒りと焦りで顔を真っ赤にするグリム。

元々暑苦しい顔が赤くなってさらに目立つな……。

「ランドくん」

判断に迷ったセシルム卿が俺に振る。

マロンにも約束したようなものだったし、ここで引導を渡しておこう。

「ミッドガルド本店で喧嘩を売られてな……そのときにミルムを誘ったことも、それをマロンに怒られて逆上したのも事実だ」

「セシルム卿！　騙されてはいけませんぞ！　その者らはマロンとともに不正に加担した重罪人！証拠はここに！」

「ほう……」

グリムが取り出したのは何枚かの紙だった。

どうやらその、不正の証拠とやらがあるらしいが……。

「確かに、ここに書いてあることが事実だとすれば大問題だ」

「そうでしょう！　そうでしょう!?　ですので」

「勘違いしないでくれたまえ。事実なら、と言ったはずだ」

「何を……！　私を疑いになられるというのですか!?」

「いや。疑ってなんかいないさ」

セシルム卿の言葉に、焦っていたグリムの表情がニヤリと歪んだ。

「ほっ……でしたら」

「疑いの余地などない。この文書は改竄（かいざん）されたものだ。我が領土に多大な利を生む大商人と、私の恩人である二人を陥れようとした罪、その首では償いきれぬぞ。グリム」

「なっ……」

セシルム卿の言葉に固まるグリム。

そのまま視線を右往左往させ続ける。顔には滝のように汗が流れ、ついに赤かった顔が蒼白になっていた。

「そんな……ど、どうかご慈悲を！」

「ふむ……本来であれば王都にて処分を決めるが……」

セシルム卿がこちらを見る。

俺は別に、俺たちとマロンに被害がなければそれでいいと伝える。

「私は！　今後決して！　決して関わらないと誓いましょう……！　ですのでどうか！」

「グリム。選べ」

「はっ！」

助かると信じ切った顔でグリムがセシルム卿を見上げる。

「貴族として死ぬか、一族を巻き込んで不名誉に消えるか」

「はへ……？」

多分本来、いくら大貴族でも法的に直接処分する権限はないはずだ。

それでもその選択を突きつけたということは、辺境伯家の力をフルに使ってでもその結果をもたらすという宣告だ。

男爵家でしかないグリムの末路はもう、決まったも同然だった。

「貴族としての死を望むなら、私が引導を渡してやろう。領地で起きる跡継ぎ問題も何もかも、責任をもって管理すると約束しよう」

「え……？　あの……」

「それを望まぬなら、今回の件を王都に上げる。そうなればどうなるか、お前もわからないほど馬鹿ではあるまい……」

尋常ではない汗をポタポタと流すグリムの様子から察するに、後者のほうがひどい目に遭うということか……。

俺の知っている知識に照らし合わせると……悪質な罪に問われた貴族って親族ごと処刑されていた気がするな……。恐ろしい話だった。

だがその恐ろしい話が自分ごととして降り掛かったグリムは……。

「そんな……」

青白い顔で固まったまま動けなくなるグリム。

「どうする？　グリム」

セシルム卿の言葉に目を泳がせるグリム。

ふと、俺と目が合う。

憎しみと、焦りと、懇願と、様々な感情が浮かび上がる目で俺を見ていた。

そして目線がミルムへと移る。

ミルムの目はきっと、俺のものより冷めたものに映るだろう。

「ぐっ……ぐぬぬ……」

「どうしたグリム。潔く――」

セシルム卿の言葉は最後まで繋がることはなかった。

次の瞬間、あろうことかミルムに襲いかかろうとグリムが動きだしたからだ。

「っ!?」

とっさの出来事に、一瞬遅れてからセシルム卿が慌てて止めようと腰の剣に手をかけた。だがその動きを俺が制した。

ミルムの心配は必要ない。

「あら。貴族としては死にたくなかったのね」

「くそぉおおお！　お前だけは！　お前だけはあああああ」

「だったらそうね……豚としてはどうかしら？」

「ふざけるなぁあああああ……なっ!?」

グリムが襲いかかろうとして飛び込んだミルムの身体は、【霧化】によって消える。

霧に飛び込んだ形になったグリムはそのまま前のめりに盛大に転がっていった。

「ぐっ!?　ぶへぇっ!?」

だがそれだけでは終わらない。

そのまま霧は黒いコウモリとなり、転んだグリムを包んでいく。

「なっ!?　これは……なんだ！　くそっ！　やめろ！　やめんかっ!?　ぐぁ……が……ぶ……ぶひ……」

「おいおい、本当に豚にしたのか？」

黒い塊から漏れ聞こえてきた声に思わずミルムを見る。

どんな魔法だ……。

「幻術よ。彼はもう、自分のことを豚だと思い込んでいるわね」

「そんなことが……」

言葉通り、コウモリたちが消えて現れたのは、四つん這いでブヒブヒ鳴くグリムだった。

「凄まじい魔法だ……」

セシルム卿も舌を巻いた。

「今の、私が罪に問われることはあるかしら?」

仮にも貴族を相手にこれだ。

状況を考慮したとしても本来は問題のある行為だが……。

「君たちに迷惑がかかることなど絶対にないと誓おう」

「そう。良かったわ」

「いやしかし……改めて敵に回らずに済んで良かったと思ったよ……。もしこの男が先に訪ねてきていたら、なんの疑いもなく話を進めていたかもしれないからね」

「最初から看破していたのによく言うわね」

ミルムには俺には見えない何かが見えていたようだった。

「さて、迷惑をかけたね。だが次の予定は無くなった。君たちの時間が許すなら、地下室を見ていかないかい？」

「地下室？」

話している間にすでにグリムは使用人たちに引きずられて退場となっていた。

きっともう出会うことはないだろうことは、それを見送るセシルム卿の険しい眼光が物語っていた。

まあいいか、考えても仕方ないことはもうセシルム卿に任せて話を戻そう。

「なにかあるのか？」

「一つだけ君たちに渡しそびれていたものがあってね」

もったいつけたあと、セシルム卿はこう告げた。

「竜の墓場に遺されていたドラゴンの角を代々我が家で管理してきたんだ。君たちならこれもなにかに使えるんじゃないかと思ってね」

「おお」

ミルムを見るとうなずいている。

出来るということだろう。レイやエースの時のような強化が。

『きゅー？』

アールを呼び出してやると不思議そうに首をかしげていた。

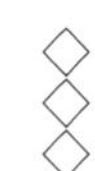

「これは……」

「我が家は代々、このためにあったようなものだからねえ」

セシルム卿に連れられて入った地下の一室には、ところせましと魔物の素材が並べられていた。

ひと目見て貴重なことがわかるものから、もはや何かわからないほどぼろぼろになったものや謎の液体が並ぶ部屋だった。

「あれが、君たちに渡したいものだよ」

地下室に入ってすぐ目に入る、特大の角。

アールの元の姿を知っていればすぐにピンとくる。

「いいのか？」

「元々そのつもりだよ。あれを売りに出せば渡した屋敷くらい、大したものではなくなってしまうだろうけれどねえ」

笑いながらそんなことを言うセシルム卿。

笑い事じゃないだろうな……。

「売りに出すつもりはない」

「うむ。加工して武器や装備に活かすのもいい。自由にしてくれて構わない」

「なら……」

ミルムと目を合わせる。

【夜の王】」

ミルムの出現させたコウモリたちが巨大な竜の角を運んでくる。

「おお……本当に便利だねえ。実のところどうやって運び出すかまでは考えていなかったからね」

あっけらかんとそんなことを言うセシルム卿だが、まあ何も考えていなかったというのが嘘だということくらいは見抜けるようになっていた。

そんなやり取りをしている間に部屋の中央の開けた場所までアールの角が運ばれている。

そこまで来たところで、ミルムの【夜の王】にさらに力を加えられたのがわかった。

「これは……？」

セシルム卿が驚く間もなく、ミルムの魔法により巨大な角が圧縮されたように黒いエネルギーの塊に変化する。

その間に俺もアールを改めて喚び出した。場所が狭くて一度戻っていてもらったのだ。

「わかるか？」

『きゅーっ！』

待ちきれないと言わんばかりの態度にミルムが頬を緩ませて、黒い塊をアールのもとにそ～っと届けた。

『きゅきゅー！』

アールの体を黒い渦が包み込んでいく。

一見怪しい攻撃を受けているような状況だが、アールの表情は心地よさそうなものだった。

それと同時に、アールの持つエネルギーがどんどん高まるのが肌で感じ取れた。

「まさかこんな使い方があったとはねえ」

セシルム卿にも伝わったらしい。

「使えるくらいの保存状態で助かったわね」

「野ざらしの骨じゃあ使えなかったもんな」

「それは、役に立てたようで何よりだよ」

――アールの存在進化が確認出来ました。ユニークモンスター「古代竜グランドメナス」からユニークモンスター「アール」に進化しました
――「アール」が竜種から竜王種へ進化したためスキルが強化されます
――エクストラスキル【竜の加護】がユニークスキル【竜王の加護】へグレードアップしました
――エクストラスキル【竜の咆哮】がユニークスキル【竜王の咆哮】へグレードアップしました
――エクストラスキル【竜の息吹】がユニークスキル【竜王の息吹】へグレードアップしました
――能力吸収によりステータスが大幅に向上しました

――使い魔強化によりレイ、エース、ミルムの能力が向上します

「おお……」

「貴方の能力……ほんとにすごいわね……」

力が伝わったミルムがもう呆れたようにつぶやいた。

ステータスが強化されたことを示すように光を放つ俺たちに、セシルム卿が驚いている。

「こんな使い方がとは言ったが、本当にまさかだ。それでなくても相当な力を感じていたというのに……君たち全員が更に強くなったように感じる」

「わかるんだな」

「ああ。私もいろんな人物を見てきたからねえ」

大貴族ともなればそうか。

「だけど中身まではかわらないからな」

「ああ。そのようだね。安心したよ」

『きゅるー！』

無事目的を果たし、それでも変わりなく甘えたがりのアールの頭を撫でながら笑いあった。

十話　アルバル領

グリム男爵とのやり取りの間に準備を終えていたアイルと合流し、そのままアイルの案内で俺たちに与えられた屋敷の上空までたどり着いていた。

「へえ……思っていたより大きいわね」

「はい。セシルム家の分家にあたるアルバル家の旧家。当時は男爵家でした」

説明するアイルは淡々としていて感情が読み取れないが、近づくにつれてなにか沈んだ表情になっていた。

「大丈夫か？」

「ええ……慣れない空の旅で少し……お見苦しい姿をお見せしました」

「そうか……」

近づこうとする俺を手で制してすぐに離れるアイル。

なんというか、あくまでこちらに心を許さない姿勢を崩さないという感じだ。

「それにしても、この移動手段には驚きましたね」

話題を逸らすようにアイルが話しかけてきた。

「あー、俺も三人はどうやって乗るんだろうって思ってたんだよな」

今俺たちはアールに運んでもらっている。

それだけなら今までと変わらないんだが、アールには鞍ではなく、籠がぶら下げられるように取り付けられ、そこに俺たちが乗るという形になっていた。

ミルムが取り付けたものだ。

「アールが大きくなっててくれてよかったな」

『きゅるるー！』

セシルム卿からもらった角を吸収したことでアールは一回りほど大きくなっていた。

その分パワーも増したようで、重さも問題なくむしろご機嫌だった。

あとで撫でてやろう。

「じゃあそろそろ降りましょうか」

「アール、ゆっくりな」

『きゅー！』

これまでと違って下に籠をぶら下げているわけだから、アールがいつも通りの着地をすると俺たちは死ぬ。

だが心配するまでもなくアールはきっちり俺たちが降りるまでちょうどいい高さに留まってくれ

ていた。

「ありがとな」

『きゅるー！』

籠を外して解放してやる。

この辺りは広いし、しばらく自由にしてもらおう。

周囲は本当に人の気配一つなかったからな。

ひと撫でしてそれを伝えると嬉しそうに飛び立っていった。

「では、中に……」

「待ちなさい」

アイルが屋敷の扉を開けようとしたところでミルムが声を上げた。

「どうかしましたか？」

「貴方の役目は私たちの護衛、ここまでのはずよ。ここから先は必要ないわ」

「おいミルム……」

あまりにもな物言いに驚く。

だがアイルの反応は怒りでも驚きでもなく……。

「ふぅ……ありがとうございます」

「なんで……」

何故か礼を言ってミルムに鍵を受け渡すアイル。

その表情は先程上空で見せたものよりさらに強張ったものになっていた。

そんなアイルに向けて、ミルムはこう言った。

「貴方には二つの選択肢があるわ」

「はい」

「一つはこのまま帰ること。帰り道に困らないくらいのフォローはするわ。ねえ？」

ミルムがこちらに向けて問いかけてきたのでとりあえず答えておく。

「ああ。アールか、空が嫌ならレイもいる」

何も言わずうつむくだけのアイル。

こんな話をしている時だというのに、ミルムが一瞬、優しい目をした気がした。

「二つ目は、私たちに事情を話して協力を求めること、ね」

ぱっと、アイルが初めて顔を上げた。

一瞬だけ顔をあげたアイルだが、またすぐにうつむいて心を閉ざした冷たい声でこう言った。

「お館様から何かお聞きになられたのですね？」

「さぁ、どうかしら」

「では私の口から話す意味など……」

「違うわ。貴方がどうしたいかを聞いているの」

お館様……セシルム卿から伝えられたのは……。

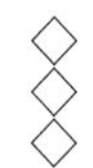

「あの子の名は、アイル＝アルバル。かつてあの地を治めた男爵家の唯一の生き残りだ」

セシルム卿が静かに告げる。

「唯一？」

「知っての通り、我が領地はモンスターの巣窟。あの地もそうだった。森に深く入れば、Bランク相当と呼ばれる魔獣が餌になるほどだ。さらに瘴気漂う未開拓のダンジョンも複数ある状況でね……」

「Bランクが餌!?」

「驚いたかい？」

「そりゃ……」

Bランク相当、冒険者側で言うなら僅かな期間で一生分の食い扶持を稼ぎきれるだけの力量を持った上位の冒険者がそれだ。

ある意味超人的な存在、そういった冒険者と渡り合うのが危険度Bランクの魔物だが……それが餌になるということはAランクでも上位、つまり人外の化け物たちが戦うような、一匹出ただけで国が動くような魔物がひしめいているということになる。

驚く俺の横で何か考え込んだミルム。

そしてミルムの口から、男爵家滅亡の引き金が告げられた。

「スタンピード……」

「御名答。ダンジョンの一つが崩壊し、中から瘴気と魔物が溢れ出した」

スタンピード。

異常発生した魔物たちが押し寄せたということか……。

「ダンジョンが崩壊……」

「貴方……そんな場所に私たちを送り込むつもりだったのかしら？」

「ははは。まあ君たちなら問題ないだろうという話もあるが……心配はいらない。すでに王国が動いて大討伐隊が掃討作戦を実行したあとだ」

「王国が動いたのか」

王都騎士団の実力は、ロイグを見ればわかる。

実力だけで言えばSランク冒険者に全く引けを取らない集団が、パーティーとは規模の異なる人数で動く。

それだけの規模で動かなければならないほどの大事件だったということだ。

「本来であれば私の私兵だけで片付けたかったのだが、もはやあれは手に負える事態ではなかった」

　悲痛な表情を浮かべるセシルム卿。

　分家の領地だ。責任を感じるのもわかる。

「幼かったアイルはその時、奇跡的に崩れる建物の陰で生き延びていた。私はそれを拾って、今に至る」

「領地の生き残りは？」

「わずかにはいた。今は私の領地で暮らしているよ」

　一呼吸おいてセシルム卿が続ける。

「だが、アルバル家のものたちは貴族らしからぬ貴族でねえ……最期まで領民を守るため、戦う力のないものまで皆戦って……」

　話すセシルム卿の表情には暗い影が差していた。

　事情は読めた。

「いまは文字通りゴーストタウンというわけね」

　ミルムが言う。

　そのあえて軽い言い回しにセシルム卿も乗り、笑って話題を切り替えた。

「あの地にはダンジョンが四つあった」

「四つも!?」

「あの地は四方を山脈に囲まれた陸の孤島、とはいえ敷地は広大でね。この辺りでは珍しくはないのだよ」

そうなのか……。

「そのうち一つが暴走した。到着した王都騎士団によりスタンピードは鎮圧。一つはそのときの勢いで攻略。もう一つも攻略はしてある」

「逆に言えば二つは未開拓というわけね」

「それもまとめて君たちに託すよ。王都騎士団も手に負えなかった代物だが、君たちならばと期待してるのさ」

王都騎士団の手に負えないようなダンジョンがたった二人の冒険者にどうにか出来るか……？

いやミルムがいれば話は変わるか。

「領地にあるものは皆、君たちに預けるさ」

「そのまま爵位までもらいかねない勢いね」

「そうしてくれても構わないのだけれどねぇ」

「いやいや……」

仮に面倒なしがらみとか役割を全部勝手にやってくれるというなら、少しくらい貴族の生活というものに興味はなくはないけど……人間関係や事務処理に追われるイメージがあってめんどくさそうというのが俺の持つ貴族の印象だった。

「まあそれはおいおい考えてくれたまえ」

どこまで本気かわからないセシルム卿の表情に惑わされながら、その話はここで終わった。

十一話　幽霊屋敷

「どうしたいの？　貴方は。アイル＝アルバル。貴方の意思は？」

ミルムの言葉に息を呑むアイル。

「私は……」

次の言葉を静かに待った。

だが、次の言葉は、言葉として紡がれることもなく――

「きゃあああああああああああああ」

「え、誰の声だ」

「この子以外にありえないでしょう」

思いがけず可愛らしい悲鳴を聞いて脳が混乱したらしい。

アイル、こんな一面があったのか。

「準備を！」

「あ、ああ！」

アイルから見えて、俺たちに見えなかったということは、敵は背後だ。

「エース！」

『グモォオオオオ！』

自身を【黒の霧】で霧化しつつ、エースを召喚して振り返る。

そこにいたのは……。

「え……」

「これは……」

白髪の、人のいい笑みを浮かべた執事だった。

『おかえりなさいませ。お嬢様』

だがその声は、姿は、レイたちと同じ。

「精霊体……ゴースト」

『ええ。身体はとうに朽ち果てました。ですが我ら、いつかお戻りになられるその時を、ずっと……ずっと待ち望んでおりました』

「で、待ち望んだお嬢様（アイル）は……」

「気を失ってるわね……」

「っ！　ここは……!?」

「屋敷の中よ」

あのあと屋敷の中にアイルを運び込み休ませた。

屋敷の中はゴーストタウンの中にポツリと建った建物とは思えないほどに、キレイに維持されていた。

よく考えれば外もそうだ。人がいないはずなのに庭園の草木が整えられていることがおかしいと気がつくべきだった。

「全部、貴方の従者がやっていたのね」

初老の執事以下、十数人のメイドや召使いがゴーストとなってまだここにとどまっていたのだ。

「従者……？」

「今度は気を失わないでほしいわね。入りなさい」

『お目覚めになられましたか……！　お嬢様！』

「ひっ……」

何故か俺の腕を摑んで俺の陰に隠れるアイル。

「貴方……」

ミルムが呆れたようにつぶやくが、アイルはそれどころではない様子だ。

「お化け……怖い……」

ギュッと俺の服を掴むアイルは涙目になっていた。

しかしお化け怖いときたか……。

この反応はショックなのではと執事のゴーストを見ると、やはり人のいい笑みで笑っていた。

『お嬢様の怖がりは昔のままですね』

その言葉に、アイルがやっと顔をあげた。

「え……」

ここで初めて、アイルはその老人にゴーストではなく、一人の意思を持った相手として向き合った。

ゴーストとなった執事をまじまじと見つめるアイル。

ポツリとこう漏らした。

「まさか……」

その目に涙が浮かぶ。

だが、アイルの感情を、時の流れは汲み取ってくれないし、待ってもくれなかった。

『はは……おやおや。私としたことが安心したのでしょうか』

「じいや!?　待って！　じいやなの!?」

アイルが慌てて近づくが、その姿は先程までの形を保った霊体ではなく、不完全な光のもやのようになっていた。

　本人の言葉通り、安心したのだろう。

　未練がなければとどまれない。それがゴーストだ。

『ええ……貴方様の帰りを、ずっとこの地で……』

「待って。じいや！　私はっ！　ねえ！」

『お嬢さ……ま……とても、良い……方々と縁を……結ばれたの……ですね』

「私ね、騎士団に入ったの。次期団長って言われるくらい頑張ったんだよ!?」

『それはそれは……』

「お父様もお母様ももう会えないけど、いつかこの家を……なんとかしてって！」

『頼もしい……限りで……』

「あとは……あとは……！　待って！　私をまた、一人に……しないで……」

　アイルがすがりつく。

　だがそのゴーストはもう、形をとどめていない。

「待って！」

　アイルが叫ぶ。

「アイル、執事の名前はなんだった？」

「え？」

「名前を」

「ロバート」

「わかった」

安心するのはまだ、早いんじゃないか？　ロバート。

「【ネクロマンス】！」

「え？」

アイルが泣き顔をこちらに向けて固まる。

心配しなくとも、悪いようにはしない。その気持ちが伝わったのかアイルの表情もどこか安心したように力が抜けた。

――ロバート（ゴースト）と盟約を結びました

――スキル【隠密】を取得しました

――能力吸収によりステータスが向上しました

――使い魔強化によりレイ、エース、ミルム、アールの能力が向上します

『おぉ……これは？』

「成仏出来そうだったところ申し訳ないんだけど……まだお嬢様（アイル）には貴方が必要みたいだからな」

その一言で何が起きたか理解したロバートは、感極まった表情を伏せて隠し、膝を立ててこう言った。

『感謝……申し上げます』

「じいや！」

アイルが改めてロバートのもとへ駆け寄った。

『お嬢様……』

「じいや……じいや！」

『全く……お嬢様は変わられませんな……これでは確かに、ご主人さまのもとへ向かうのは早かったかもしれませんな』

ロバートの言葉から察するに、アイルの両親はもちろん、肉親で自我を保って残ったものはいないのだろう。

さっき見たメイドや召使いたちも、服だけは残っているのに顔や形は不定形の黒い影になっていた。あれは自我がどうこうというより、ロバートが動くために、この屋敷に残っていた行動履歴を素に生み出されたシャドーという魔物だろう。

そう考えると……この老人、只者ではなさそうだな。

「落ち着いたか？」

「ええ……お見苦しいところを……」

アイルの顔が赤い。

まああれだけ堅物騎士って感じだったのが屋敷についてからを思うと……。

「やめてください！　思い出そうとしないでください！」

「ふっ……お化け、怖い」

「どおおおしてそういうこと言うんですかあああああ」

ミルムにからかわれて叫ぶアイル。

すっかりキャラが崩壊していた。

『しかし……私にまた主人様が出来るとは……感慨深いものですな』

「主人か……」

ネクロマンスの盟約は基本的に対等な関係なんだが、こちらが主体になる分受け手としてはそういう認識になりやすいらしい。

ミルムもそんなこと言ってたしな。

「良いんじゃないの？　優秀な執事が出来て」

「そうです。じいやは本当に良い人なんです」

『今はいいゴースト、でしょうか』

朗らかに笑うおじいさんなんだが、溢れるオーラはゴーストになってなお普通のものではなかった。

「生前はかなり強かったんじゃないのか？」

「はい。じいやは生前冒険者たちと渡り合うほどの武力、お父様たちの実務を全てサポートする知力、私たちや他の使用人たちまで行き届く細やかな気配り、と。もはや人間業(わざ)ではありませんでした」

冒険者と渡り合う……と言ったが、それもかなりのレベルなんだろうな。

なんせこの地はBランクが餌になるほどの魔物まで出ていたというのだから。

そして吸収した【隠密】。スパイのようなことも出来るだろう。

万能っぷりが恐ろしいな……。

「文字通り人間でなくなった今も、その業は健在ってわけか」

とんでもない人だな。

死んでから何年もこの屋敷を維持してきているだけでもすごいというのに。

『して、お嬢様は主人様とご婚約されたのですかな？』

「え？」

突然のロバートの発言。

アイルはこの手の話で茶化されるのは見た目からして苦手だろう。堅物そうだし。

猛抗議をすると思ってその様子を窺ったが、顔を真っ赤にして口をパクパクするだけのアイルがそこにはいた。

「何やってんだ……」

「こここご婚約はその……まだ……」

『いけませんなお嬢様。このお方と子をなして初めて、アルバル家の復興は成り立つのですから』

「あわわわ……」

チラチラこちらを見ては顔を赤くするアイル。

どうしたんだ。俺たちを倒したいんじゃなかったのか……。

「すっかり懐かれたわね」

「懐く要素なんてあったか……？」

「自分の大切なものを守ってくれたのだから、不思議ではないけれど……まぁ単純な子であることは間違いないわね」

ミルムに言われるのか。

かわいそうに。

「そもそもなんで俺と子どもを作れば復興になるんだ？」

『それはもちろん。主人様が持つ爵位を継ぐ男子が産まれれば……』

「俺は貴族じゃないぞ？」

『おや。ではそこからですか』

そこからってなんだ。

セシルム卿といいどうも簡単に人を貴族にしようとする節があるな？

「あわわ……」

一番止めてほしいアイルはあわあわして役に立たない。

「いいじゃない。楽しそうで」

「そんな理由でもらうもんじゃないだろ⁉　爵位って」

要するに誰も止める人はいなそうだった……。

◇◇◇

「【ネクロマンス】」

――シャドーのネクロマンスに成功しました
――スキル【皿洗い】を取得しました
――能力吸収によりステータスが向上しました

――使い魔強化によりレイ、エース、ミルム、アールの能力が向上します
――シャドーのネクロマンスに成功しました
――スキル【清掃術】を取得しました
――能力吸収によりステータスが向上しました
――使い魔強化によりレイ、エース、ミルム、アールの能力が向上します
――シャドーのネクロマンスに………

『いやはや……本当にすごい方を連れてこられたのですな。お嬢様』

屋敷に残るメイドや召使たちのシャドーもみんなネクロマンスで安定化させた。

一部料理長や庭師といった特殊なゴーストもいたんだがもう一緒くただ。

おかげで俺のスキルはいますぐどっかの屋敷で使用人として活躍出来そうなラインナップになっていた。

「まさか……屋敷中のお化け……えっと、アンデッドたちをみんな……？」

「一応な。形が保てなくなって成仏するのはまだいいとして、悪霊化されたら困るしな」

「すごい……やはり貴方はすごい方だ」

アイルはすっかり従順になっていた。

「あら。上手く任務が出来たら戦いたいんじゃなかったかしら?」

「すみませんでした！　忘れてください……そもそもドラゴンを操って空を飛んでいる時点で……」

まあそもそも騎士って多人数で戦ってなんぼだから一対一には特化していないはずだしな……。

ドラゴン相手に騎士一人で挑むもんじゃない。

ミルムはそのドラゴン以上なんだから仕方ないだろう……。

「貴方もそれなりの化け物だということを自覚したほうが良いわよ」

「当たり前のように心を読むな」

「わかりやすいのよ。貴方が」

そんな軽口を叩き合っていた俺たちだが、アイルが何か話したそうにしているのを見てやり取りを終える。

アイルはうつむいたまま何かを思い出すように話しはじめた。

「魔物のスタンピード……私は当時まだろくに動けない幼子でした」

「何歳くらいだったんだ?」

俺の疑問にロバートが答える。

『三歳の頃でしたな』

なるほど。

「はい……気を失った私は何も出来ませんでした。だから今度こそ、その時何も出来なかった自分が変わるためにも、竜の墓場における任務は私の中で大きな目標になっていました」

「まあ、騎士団にいる人たちはそれなりの理由があるんだろうとは思ってたけどな……」

とはいえじゃあ譲ったほうが良かったかといえばそうではない。

ミルムが被害に遭うほどの相手だったのだ。あれに関してはもう、ミルムが人類に味方してくれたことに感謝したほうが良いと言って良いくらいなんじゃないだろうか。

ドラゴンゾンビをあそこで食い止められなければ、街にも大きな被害をもたらしていただろう。

ただだからといって、辺境伯騎士団の気持ちもわからないではない。

そこまで準備してきたものをぶつける先がないのでは、モヤモヤするという気持ちも理解は出来た。

「アイルが良ければだけど、俺たちと一緒に来るか？」

「え？」

「そうね。ついて来れば竜の墓場なんかより大物にその力、ぶつける機会もあるんじゃないかしら？　通用するかは置いておいて」

ミルムの挑発は照れ隠しにも見えるな。

とりあえずミルムも前向きなようでよかった。

「私は……私は何より、この家を、この土地を復興したい。そのためには騎士団で……」

「騎士団で活躍して、その功績で嫡子に相続させる権利を得る。そういう事例も確かにあるようだけれど……果たして現実的かしら？」

ドラゴンゾンビ討伐の第一功労者であれば……いやそれでも、そんな例外的な措置が取られるかはわからないな……確かに。

「一緒に来れば、この男はそのうち爵位を得るわ。しかもこのままいけば、この土地を引き継ぐことになる」

「え？　そうなのか？」

拒否権とかないのか。

嫌だぞ面倒事は……と思っていたらロバートと目が合う。

なるほど……確かにロバートがいるなら俺は何もしなくて良いかもしれない。場合によってはそういう人たちをネクロマンスで叩き起こせば……いややめようなんか危ない思考になっている。

「貴方の目的に合う選択がどちらかなんて、考えるまでもないんじゃないかしら」

「それは……」

なんか俺が知らないうちに話がどんどん進む気がするこのままだと。

だめだ止めないと。

「えーと」

「あの！　すみません……一晩、考えさせてもらってもいいでしょうか」

「良いんじゃない？　貴方は？　いいわよね？」

「えーと……いいよ」

拒否権はなかった。

「決まりね」

そのまま決まってしまったようだった。

『では、この話は一旦ここまでとして、食事になさいませんか？』

ロバートの掛け声で俺たちは食堂へと向かうことになった。

良い匂いがする。

『新たな主人様を得たことと、お嬢様の帰還を祝って、盛大に準備させていただいておりますので』

「すごいな……」

いつの間に食材を調達したんだとか、その金はどこから出てるんだとか色々疑問はあるが、ロバートなら全部なんとかしているんだろうというある種の信頼すら芽生えていた。

そしてゴーストである彼らが俺たち生者のための食事をきっちり揃えてくることも、もう疑う必要もないことだった。

『それではお食事をお楽しみください』

「本当に期待通りうまい……」

コースメニューになっていて、一品一品シェフのゴーストが出てきてロバートとともに説明してくれている。

一切覚えられない。

ただ美味しい。

それだけは確かだった。

「ミルムはほんとにこういう食事、様になるよなぁ」

「そうですね。気品があるというか……」

そういうアイルも生まれがいい。

騎士団って荒っぽいイメージがあったんだがアイルもキレイに食べていた。

というよりいつの間にかメイドシャドーたちに着替えさせられていたらしく、今のアイルはすっかりお姫様のようだった。

「あの……なにかついていますか……？」

「ああいや、悪い」

とりあえず食事に集中しよう。

それでなくともいまいちよくわからないメニュー名と礼儀作法に苦戦するのだから……。

『主人様、食器は外側から一つずつでございます』

「こうか？」

『今回のメニューではナイフは使いません』

「もうわからない……」

ルールは一つにしておいてほしかった。

と、考え事をしていたら食器を落としてしまった。

「あ……」

『いけません主人様。落とした食器は我々が拾いますのでそのままで』

「なんか申し訳ないな……」

『これも今後必要な作法ゆえ、少しずつ覚えてくださいませ』

そんなこんなでロバートの指導を受けながらの食事もまあ、新鮮ではあった。食べづらかったけどな。

◇◇◇

「すごいな……」

ここに来て、いや正確にはロバートと話し始めてから、何度これをつぶやいたかわからない。

アイルを寝かせていたのは仮の医務室のようなところだったが、改めて自室、として通された寝室はもう圧巻の装飾品の数々だった。

装飾一つでも普通の人の一生分の稼ぎとか平気で言われそうなものだ。

「気をつけよう……」

落ち着かない気持ちで眠りにつく……はずだったが。

「何してるんだ？」

何故かベッドには先客がいた。

「いえ……えっと……これは……」

布団の裾で顔を半分隠しながら上目遣いでこちらを見上げる先客……アイルがいた。

あれ？　ここ俺の部屋だよな？　と扉を振り返ると、親指を立てたロバートがゆっくりと扉を閉めていた。なんで!?

「その……一晩考えさせてほしいと言ったのですが……」

「言ってたな」

貴族とか子作りとかそういうのに関する話だ。

ちなみにアイルは一晩考えられるのに俺には考える余地は与えられなかった……おかしいな？

「その……抱いて……ほしい……です」

アイルが上目遣いで言う。

どうすればいいんだ……。

ためらっていたせいでアイルが暴走しはじめた。

「やっぱりだめですか!?　今日は少し小綺麗にしましたが女で騎士なんてしてたしその……」

「いや、そういうわけじゃなく……」

「じゃあやっぱり私のことは嫌いで……」

「いや、そうでもなく……」

どうしようこれ……。

困ったときは――

「ほんとに甲斐性のない男ね」

助けを求めるように周囲を窺うと、部屋の中心から黒い影が出現しミルムが現れていた。

やっぱり見ていたようだった。

「ひゃっ!?　ミルムさん!?」

「貴方もこの男に迫るなら、もう少し考えてからやるべきだったわね」

「うぅ……ですが……」

「心配しないでいいわよ。もう貴方の目的に向けて動くことは決めてるわ」

ミルムが言う。

言ってからこちらに確認してくる。

「そうでしょう？」

「そうだな」

あれだけ有能な執事がいる。

なんなら俺の実務はほとんど疲れ知らずの優秀なゴーストたちが済ませてくれるとなれば　俺は今まで通り自由。

たまに顔を出さないといけないイベントごとは出てくるかもしれないとか言ってたけどまぁ……その程度で、一度関わった相手の望みが叶うならそれでいいだろう。

「いいん……ですか？」

「まあ貴族云々はおいといて、ひとまずこの領地に関しては俺が預かるよ」

「ありがとう……ございます……」

アイルがうつむいて、それだけ言った。

なんか厄介事を抱え込んだ気もするんだが考えようによっては悪い話じゃない。

多分この街には、まだゴーストたちが複数潜んでいる。

四方を山脈に囲まれ、内部は強力な魔物が発生しやすいというこの土地。そしておそらくアンデッドタウンとなっているこの街ごと、そのまま俺が領地とする。

俺の力はネクロマンスで繋がる魔物が強くなればそれがそのまま自分に、そして使い魔に還元される。この土地は使いようによって、かなり強力な自動経験値取得装置になるのだ。

そしてなにより……。

「どうせアンデッドタウンだから、もし領民が増えるにしてもそういうのが大丈夫なやつに限定しないとだな」

「お化け……ばっかり……？」

アイルは怖がったが、ミルムはハッとした顔になった。

「……」

ミルムがもしヴァンパイアたちを再び従えたいというなら、こんなに適した土地はないだろう。

十二話　領地視察

『おお。ご決断なされたのですね。これでアルバル領も安泰ですな』

次の日、この地域の現状を聞くためにロバートを捕まえて話をしたらこんなことを言い出された。

その勢いでロバートが危うく成仏しそうになるくらい喜んでいたので必死に食い止めないといけなくなったりしたがまあ……今はいいだろう。

危なかった。ロバート抜きには貴族なんてやるつもりはないからな……。

「いいのか？　本来は誰かしらゆかりのある人間がやってこそとか、そういうのは……」

『あのときの出来事でほとんどが亡くなっております。血筋と呼べる範囲にいるのはお嬢様くらいですから……』

となると自然と自分で継ぐより、誰かが継いだ上で子どもに託すことが唯一血を残す手段なんだな。

「私たちの願いは、ここがまた活気ある領地の姿に戻ってほしい。ただそれだけです」

なるほど。

アイルがそう言うならそれでいい。

『しかしこのまま行くと、活気は戻るかもしれませんがほとんどがアンデッドという異例の領地になりかねませんな』

「アイルには悪いけどしばらくはそうなるな」

アイルはまた「お化け……」と怯えているがロバートたちと同じようなものだと説明して宥（なだ）める。

そのうち人が増えるとしたら、眠らないでいい優秀な護衛としてゴーストたちが街を守るだろう。

幸いゾンビのような、見た目が心臓に悪いタイプがいたとしても、俺の【ネクロマンス】なら存在進化で屍人（グール）のような見た目に問題がないラインまではもっていけるだろう。その点は安心だった。

問題は……。

「人が安心して暮らすためには、未開拓のダンジョン二つの攻略が必要か」

『そうですな……我々であれば問題はないのですが、ダンジョンから溢れ出る魔物の強さは並の人間ではかなり厳しい相手でしょう』

ロバートの口から出る特徴だけで判断するなら、Bランクくらいの冒険者がパーティーで臨むような相手もちらほら出現しているそうだ。

この領地自体が上位冒険者向けの狩場と言ってもいいかもしれなかった。

セシルム卿の計らいで人の出入りがなかっただけで、広まれば上位の冒険者にとっては穴場だったかもしれない。

実際アルバル家の統治下では冒険者たちのための施設を各村々が用意していたらしいからな。

流石にいまほど無法地帯ではなかったようだけど……。

「といっても、人が住むことを考えれば整備したほうがいいよな」

「いずれにしてもアンデッドは残すんでしょう？　そもそも人が来るのかしら……」

アイルの様子を見るとやはりアンデッドへの抵抗は強い。

だがまあ、なんとかなる気もしていた。

「そのへんはちょっと、このあたりを回ってみて考えるか」

見た目に抵抗がない相手なら大丈夫……だと思いたい。

幸いこの地にいて、かつ俺が【ネクロマンス】で使役状態になる相手なら特段問題はないはず
……。

「万が一問題になりそうならこの屋敷の周囲だけアンデッドタウンをつくろう」

「ひっ！」

アイルが小さい悲鳴を上げていたが、慣れてもらうしかないだろう。

◇◇◇

「なんというか……思ったよりキレイだな」

視察ということで領地内に残る廃村、廃墟を訪ねることになった。

ロバートもついてきてくれるので状況はわかりやすい。

この領地は大きく分けて五つの集落に分かれている。

まず、城下町にあたる屋敷からすぐそばの街。

そしてそこからほとんど等距離に四つの村と街の中間のような集落があった。

これはダンジョンを見張る意味で置かれたと同時に、ダンジョンに訪れる冒険者たちのための拠点としての機能を有している。

宿屋はもちろん、武器屋や装備類を売る店が多い。残ったゴーストが品物の手入れをしているようで物がいいというのも面白い話だった。

『この周囲は元々常に魔物災害の危険のあった土地ですからな。領民もみな、ある種の覚悟を持っていたのでしょう』

普通、人は死ねば魂ごと消えていくものだ。

それがこうしてその地に根付いているというのは、土地や住居、家族や仕える者といった、何かしらの執着があることを示している。

「アイルの両親は相当いい領主だったんだな」

「そっそんなことは……あの……ありがたいお言葉です」

アイルは両親を褒めても照れ照れだった。

「金銭をもつ人間がしっかり来てくれれば、インフラ自体はゴーストたちが維持させてるわね……」

ミルムが感心するくらい、各集落の機能は維持されていた。

「【ネクロマンス】」

俺はとりあえずそれぞれのアンデッドたちの見た目を整え、安定化させるためだけに回り続けることになった。

――ゴーストのネクロマンスに成功しました
――【初級鍛冶術】を取得しました
――シャドーのネクロマンスに成功しました
――【目利き（布）】を取得しました
――シャドーのネクロマンスに成功しました
――【高速収穫（芋）】を取得しました
――ゴーストのネクロマンスに成功しました
――【薬草料理】を取得しました
――シャドーのネクロマンスに成功しました
――【農作業効率】を取得しました

「使うことがなさそうなスキルがまた……」

「贅沢な悩みね」

領民のすべてを【ネクロマンス】して回った結果、もう自分が何者かもわからないほどのスキル構成になっていた。

いや俺はあくまで冒険者……。そう自分に言い聞かせた。

十三話　挨拶

『お気をつけていってらっしゃいませ』

ロバートをはじめ家中の使用人たちに送り出される。

あの後ダンジョンに潜ってみることも考えたんだが、王都騎士団でもすぐには攻略出来ず封印に留めたダンジョンに軽い気持ちで臨むのは危険ということでやめた。

『まずセシルム辺境伯へご報告なされるのがよろしいかと』

結局ロバートのこの言葉を受けて方針が決まった。

たしかに色々とセシルム卿へ話をしにいく必要があるからな。

というわけで俺たちはいままたアールに運んでもらっていた。

「いきなり戻って大丈夫だったのか？」

「お忘れですか？　あの屋敷と辺境伯邸は魔道具で連絡が取れますよ」

「あー」

完全に忘れていた。

あれ……？

「それならその魔道具越しに話せば良かったんじゃ……」

「どうせこの子がいれば一瞬なんだからいいじゃない」

『きゅるー！』

まあそれもそうか。

騎士団の精鋭であるアイルごと領地までもらうのだ。ちゃんと面と向かって言ったほうがいいだろう。

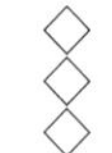

「いやぁ。まさかここまで思い通りの展開になるなんて思いもしなかったよ」

報告を受けたセシルム卿はご機嫌だった。

「まさかロバートから連絡が来るとは思ってなかったから驚いたけれどねえ。とにかく、アイルくんとあの領地のことは君に頼もう」

「軽いなぁ……」

「ははは！　君の気が変わらないうちに手続きを進めよう。私の権限でまず子爵には出来る。そこから先は王都に行ってから色々しておくよ。きっと伯爵くらいはいけるだろうし」

「いや程々で留めてくれ頼む……」

男爵じゃなくいきなり子爵なのか……。

ミルム曰くこうも簡単に進むのは土地の余っているこの国ならではらしい。

辺境伯が貴族を増やす権限を持っていたり、爵位が上がっていったりというのは異例だと教えてくれた。

「特にこの辺りは、魔物さえ倒せる人間がいれば開拓出来る土地ばかり残ってる様子だったし、そういう事情があるんでしょうね」

「確かになぁ……」

ミルムの言葉に納得する。

だから冒険者が貴族になるパターンが多いのかもしれなかった。

「それじゃあ改めて、よろしく頼むよ」

そんな形ですべてセシルム卿の手のひらの上だったような気持ちにさせられながらも、一応の目的は果たした。

「さて、アイルくんは準備があるだろう。騎士団からは退団という形ではなく、しばらく離れるという形にする。何かあれば戻っても構わないし、君の自由にしなさい」

「ありがとうございます……！」

頭を下げるアイル。

「おや……すっかりこの短い時間で騎士というより令嬢のオーラに変わったように見える」

「あ……その……」

「責めてるわけじゃないさ。むしろ喜ばしいことだ。だが二人についていくのであれば、あの勇ましい君も魅力の一つだ。さあ、行っておいで」

「はっ！　失礼いたします！」

聞いた話じゃセシルム卿って実質アイルの育ての親なんだよなぁ。

二人のやり取りにはその雰囲気を大いに感じ取れていた。

アイルがいなくなってセシルム卿が口を開く。

「一つだけ君たちに依頼があるんだ」

その表情はそれまでと打って変わって真剣なもので、こちらも気を引き締めて依頼内容の話へ移った。

「依頼……？」

セシルム卿の表情からそう簡単なものではないことは想像がつく。

だが依頼内容は、こちらの想定とはまた違った方向のものだった。

「竜の墓場を見てきて欲しい」

「竜の……って、あそこはもう」

「君たちがドラゴンゾンビを倒してくれて、大きな問題は去った、そう思っていたんだがね……」

辺境伯家のもっとも頭の痛い問題が竜の墓場だった。

俺たちがドラゴンゾンビを倒したことで、その問題は解決した。

そのはずだったが……。

「瘴気の動きがおかしい……かしら？」

「その通りだ……流石だね」

ミルムの言葉にセシルム卿が同意した。

「ミルム……なんか知ってるのか？」

「いえ。でも私も気にしてはいたから調べていたの。持っている情報量は多分同じよ」

「いつの間に……」

割とずっと一緒にいたはずなのにな……。

いやそういえばミルムは使い魔を飛ばせば外の様子がわかるのか。俺も似たようなことは今後したほうが良いのかもしれないな。

「頼みたいのはあくまで調査……とはいえ危険も伴うだろう」

実際にことが起きれば騎士団を動員するのだろうが、調査を俺たちに依頼する意味はまあわかる。冒険者は戦闘だけじゃないなんでも屋だからな。

向いているだろう。俺たちのほうが。

「本来あのクラスのドラゴンゾンビであれば、倒したとしても数年は……下手すれば我々が死ぬまであの地は瘴気で覆われる地として管理される」

セシルム卿の言うとおりだろう。

ある程度の瘴気はあの時ドラゴンゾンビが吸ったとはいえ、あの地にはまだまだ膨大な瘴気があった。

管理されるべき土地だ。

セシルム卿の言葉をミルムがつなげた。

「その瘴気が、異常に薄くなってるのよ」

「え？」

「貴方もその気になればスキルを使って視られるけれど」

「そうなのか……」

まだまだスキルのポテンシャルを発揮しきれてないんだな……。

いやそれよりも……。

「そんなこと、あり得るのか……？」

「あり得るかどうかでいえば、実際そうなってるのだからあり得るのでしょうね」

ミルムの言うことはもっともだった。

「そうだねえ……私も最初に知ったときは同じ反応だったよ。通常ならばあり得ないことだ」

「瘴気を操れる何者かがいる……？」

「もしくは、瘴気を吸い込む何かがいるということになるわね」

「それ……もし瘴気を吸い取っているのがアンデッドモンスターだとしたら……」

「減っている瘴気の量を考えると、最悪の場合ドラゴンゾンビより厄介な相手とぶつかる」

これ……ただの調査依頼ではないな。

「だから俺たちに……」

「そのとおり。恥ずかしながら……我が騎士団では正直、力不足だろう」

セシルム卿の表情が固かった理由がわかった。

それは確かに、話し出しづらかっただろうな。

にしてもドラゴンゾンビより厄介な相手……か。

賢者がアンデッド化してリッチとかになってたら、正面からやっても勝てないだろう。

上位のアンデッドに悪意と知識を同時にもたせるととてもじゃないが対応出来ない。アンデッドの弱点は色々あるが、そのもっともたるものは知能が丸ごとなくなっていることだからだ。

思考するアンデッドの強さは、ミルムを見ればよく分かる話だった。

「なによ」

「いや。ミルムがいてくれてよかったって話だ」

「貴方……だんだん私の扱いに変に慣れてきてないかしら」

そんなことを言いながらもミルムは顔を赤くしてそっぽを向いていた。

ミルムを見ているのも楽しいんだがいまはこちらに集中しよう。

「アイルは連れて行こう」

「いいのかい？」

俺の提案にセシルム卿が驚いていた。

この場からアイルを外させたので予想はしていたんだが、セシルム卿はアイルも含めて荷が重いと考えていたようだ。

だが前回の騎士団の反応を考えるなら、連れて行くほうがセシルム卿にとっていいだろうと思ったんだけど……。まあ言ってみよう。

「騎士団の代表として連れて行かせてほしい」

「そう言ってくれると……本当に助かるよ」

予想通りセシルム卿は喜んでいた……というよりいっそ、安堵といった表情で深く椅子に座り直していた。

実際騎士団でもっとも腕がたつのはアイルだったらしい。

それなら理由としては十分だ。

騎士団で考えれば団長たちが出てくるのが自然だろうが、今回はあくまで代表一人。役職がなく身軽で、もっとも力のあるアイルが選ばれたとしても不満はでない。

そういう話に出来る。

「貴方、あの子を守りながらでも戦えるのかしら？」

ミルムが心配するように聞いてきた。

確かにミルムはもちろん、俺と比べてもアイルの力は劣っているだろう。

だがアイルが強くなる方法がある。

「【盟約】する」

「殺すの？」

「物騒なこと言うな！」

確かに【ネクロマンス】はアンデッド用だが、【盟約】に関しては多分、人相手でも出来る……はずだ。

少なくともアイル相手には出来るであろう確信があった。

「まあ死んだらたしかに貴方が使役すれば済む話ね」

「縁起でもない……」

アイルは子どもつくって家督を継がせないといけないいんだし死んでもらうと困る。

いや待て？　ほんとにするのか？

……………だめだ頭がこんがらがる。一旦それはおいておこう。

「俺はネクロマンサーである以前にテイマーだからな」

「なるほど……女の子を【テイム】しちゃうのね」

「人聞きが悪いなさっきから!?」

ミルムの相手をまともにしてたら話が進まない。

多分だけど【盟約】は条件によるが生きた人間相手でも使える。そして【盟約】関係にあれば、ある程度力を還元出来る。

元々アイルの実力はSランクパーティーを組むような冒険者と遜色ないのだし、それで十分だろう。

「まあいいわ。すぐ行くのかしら？」

「ああいや。一度冒険者ギルドへ向かってほしいんだ。ギレン殿からも情報があるそうだ」

セシルム卿が動き出そうとした俺たちを止めるように言った。

「ギレンが……？　わかった」

セシルム卿に伝言を頼まないというだけで、それなりの情報であることがわかる。

「アールには頼りっぱなしだな」

【宵闇の棺】から出してやって頭を撫でておいた。

『きゅー！』

ま、こいつがご機嫌ならそれでいいか。

「あの……ランド殿」

「ん？」

アールに取り付けた籠のなかでアイルが声をかけてくる。

「私を連れて行ってくださるのは嬉しいのですが……本当に良いんですか？」

「置いていくって言ってもなんとかして付いて来ただろ？」

「うっ……」

アイルはすぐ顔に出るなぁ。

まあ性格的に付いて来ると思ったし、今から言う内容にも抵抗はないと思っているけど……。

「アイルが今のままだと正直、守りきれるかわからない」

「はい……」

シュンとするアイル。

いちいち顔に出るのが可愛い……。

いやあんまりそういうことをしている場合じゃない。

ミルムに睨まれてるし本題に入ろう。

「ロバートと交わした【盟約】を、アイルとも交わしたいんだ」

「なるほど…………わかりました。すぐに自害します」

「待って!?」

なんでミルムといいすぐそういう物騒な方向になるんだ。

「死なないでいいから。というか死なないためにやるんだから……」

アイルだって子ども作れなきゃ困るだろ。

そんな変な方向に思い切りよく行動しないでほしい。

「俺はネクロマンサー以前にテイマーだった。だから多分、【盟約】は交わせる」

「私は【テイム】されるということでしょうか？」

「いや、多分【ネクロマンス】にはなると思う。ただどちらにしても、アイルは強くなれるはずだ」

「わかりました！　やってください！」

一瞬の躊躇もなかった。

その覚悟に俺も応えよう。

「いくぞ？」

「はい。いつでも」

「【ネクロマンス】」

——アイルと【盟約】に成功しました

――エクストラスキル【上級防御術】を取得しました
――使い魔強化により使い魔たちのステータスが上昇しました

「これは……！」

「良かった。いけたみたいだな」

アイルにも力がみなぎっているのは見れば分かる。

使い魔、の範囲にはミルムやアイルも含まれているということだろう。

そして俺も新しいスキルを覚えた。騎士らしいスキルだな。

「また何か覚えたのかしら」

「上級防御術ってのをな」

「まさかランド殿……私のスキルを!?」

アイルにとっては初耳か。

「ごめん。ただアイルの力がなくなるわけじゃないから」

「いえ。全然それは良いのですが……まさかそこまでのお力だったとは……」

アイルが驚いているところにミルムがかぶせにいった。

「慣れればちょっとやそっとのことでは驚かなくなるわよ。その男、ユニークスキルを複数持ってるのだから」

「ユニークスキルを複数!?　ということはもうエクストラスキルくらいでは……」

「今も多分、なんか一つ増えたな、くらいにしか思ってないわ」

図星を突かれていた。

「ぐ……私が生涯をかけて唯一手にしたエクストラスキルが……そんな……」

俺がめちゃくちゃ悪いやつみたいだぞこれ!?

「ま、それ以上の恩恵はあるから安心なさい。自分の力が何倍にも強くなったんじゃないかしら?」

「確かに……信じられないほどのエネルギーを感じています」

「しっかり使いこなすことね」

「はい……!」

なんだかんだミルムは面倒見がいいというかしっかりフォローしてくれるので頼れるな。

そんなことをしていたらあっという間にギルド付近に到着した。

アールを撫でて【宵闇の棺】に戻ってもらい、改めてギルドに足を踏み入れた。

十四話　不死殺しのミレオロ

「なんか久しぶりに感じるな」

ギルドを見てそう感じた。

そんなに時間はたってないはずなんだけどな……。

「あ、そういえばアイルも冒険者として登録したほうがいいのか……？」

「えっと……一応登録だけはしてあります。Bランクですが」

「B!?　すごいな」

騎士団での活動をやりながら片手間に到達出来る領域ではない。

それなりに時間をかけたか、セシルム卿が何かしたか……いや後者か。流石に騎士団やりながら地道にBランクにはさせないだろう。

ミルムのように登録時点で力を示せばそう出来るはずだ。

「じゃあパーティーに加入する手続きだけでいいか」

「良いのですかっ!?」

「良いも何も、一緒に行動するならそうなるだろ」

「ありがとうございます！」

なぜかテンションがあがっているアイルを連れて、改めてギルドの扉を開いた。

「あ！　ランドさん！」

「ニィナさん。えっと……」

「伺っております。すぐにギルドマスターに連絡を取りますね！」

入るなり受付嬢ニィナさんが声をかけてくれて、そのままパタパタと奥に入っていく。

「今ギルドマスターって言ってなかったか!?」

「なんだお前、知らねえのか。あの二人はこのギルドお抱えのSランクパーティーだぞ？」

「なんか一人増えてないか？」

「そう聞くとあの鎧騎士も強そうに見えるな……」

酒場はいつも通り盛り上がっていた。

フェイドたちのパーティーを抜けて以来、反応は悪くない形でまとまっているようで一安心だった。

「ランドさん！　お待たせしました。奥にどうぞ」

ニィナさんに呼ばれていつもの応接間に向かった。

「悪りぃな。呼びつけちまってよ」

「それは良いんだが……なんか摑んだのか？」

「いや……にしてもランドお前。ちょっと見ねえうちに……なんか顔つきが変わったな」

不意にそんなことを言われる。

「あー悪い意味じゃねえ。ちょっと頼りがいが出てきた気がしたんだよ。隣のお嬢ちゃんのおかげか？」

「へっ⁉」

突然話を振られたアイルがあたふたしていた。

「お前は今まで自分より強いと思うような相手としか組んで来なかっただろ。今回が初めてのはずだ。それでだな」

確かに言われてみればそうかも知れない……。

フェイドたちと組んでいた時も、ミルムとこうして組み始めてからも、自分がなんとかしなければという気持ちはなかった。自分の責任で守らなければと感じている相手は、アイルが初めてだろう。

「いいこった。お前はそれだけの力もあるし、性格も向いてんだろ。テイマーってのは面倒見が良いはずだしな」

満足そうにそう言って笑うギレン。

アイルはあわあわしている。

ミルムは……いつもどおり出されたお菓子を頬張るのに忙しい。

なんか応接間のお菓子、増えてないか……？

まあいいか。

ギレンが改めて口を開く。

ここからが本題だ。

「さてと……お前さん。ミレオロってわかるか？」

「ミレオロ……？」

「魔術協会のトップ……いやこう言ったほうがわかりやすいか。不死殺し(アンデッドキラー)のミレオロだ」

不死殺し(アンデッドキラー)……ミレオロ……。

そう言われれば確か聞いたことはある。

ヴァンパイア狩りがまだ推奨されていた時代、ヴァンパイアはもちろん、無数のアンデッドを殺してきた英雄の名前だ。

「不死殺し(アンデッドキラー)？」

アイルがきょとんとしていた。

「お前さんたち……特にミルムの嬢ちゃんにとっては天敵だろうな」

ミルムは何も言わない。

年齢を考えればミルムの国を襲ったのと同一人物ではないと思うんだが、思うところはあるだろうな。

「待ってください。なぜミルムさんの天敵に……？」

「なんだランド。お前それも言ってなかったのか？」

「あ……」

すっかり忘れていた……。

技を見てるから知っているものと思っていたが、たしかにはっきり明言はしていなかったな。

どうしたものかと思っていたらやれやれといった顔でミルムがふわりと席を立った。

「え？」

アイルが口を開けて驚く中、ミルムはわかりやすく、その力を示してくれていた。

「見ての通り、私はヴァンパイアよ」

ミルムが羽を広げ、目を金色に妖しく輝かせてそう告げる。

普通の人間からすれば一見恐怖をかきたてられるようなその姿を見て、アイルはこう言った。

「綺麗……」

「っ!?」

想定もしていなかった言葉がアイルの口から出たことで、ミルムのほうが赤面している始末だった。

「がはは。流石ランドが連れてきただけあっていいじゃねえか。こっちの嬢ちゃんもよ」

「まあ、引かれるよりいいいな」

ギレンも気に入ったらしい。

ミルムだけバツが悪そうに顔をそらして座り直していた。

「で、そのミレオロがなんでいま……？」

話を戻す。

ギレンは思い出すだけで嫌だと言わんばかりに顔を歪ませながら話しはじめた。

「フェイドたちの動向を追ってたんだ。ギルドとして」

「それは知ってる」

まさかの失踪からしばらく経つし、普段のギルドならそろそろ情報が入ってきている頃合いだ。

今日もその情報かと思ってきたんだが……。

「ギルドはミレオロ率いる魔術協会からの圧力を受け、調査を断念している」

「圧力……？」

「ああ。上のやつらはそう堂々と言ってるわけじゃねえが、あれはどう見ても圧力だ。魔術協会ってのはそのくらいには、力を持った組織なんだよ」

心底嫌そうな顔でギレンがそう言った。

「ったく……魔術協会はメイルの出身組織だ。ミレオロとも個人的な繋がりはある」

「ということは……」

「十中八九、あいつら魔術協会と繋がりやがった」

ギレンの表情から察するに、字面以上に厄介なことになっていることがわかる。

「魔術協会ってあれだよな。魔道具や魔術の指南書とかを全部取り仕切ってるっていう……」

「ああ。だがおそらくお前さんが思っている以上にあいつらの影響力はでけえ。なんだかんだ言っても魔術で動いてるもんは多いんだ。うちの登録システムもそうだし、建物の中、人として生活してりゃ生活に必需と言える魔道具は山程ある」

「なるほど……冒険者を束ねるといえば聞こえは良いけれど、依頼者との仲介しか出来ない冒険者ギルドとじゃ、組織としての力差がでるわね」

「そのとおりだ。忌々しいことにな」

実際に圧力をかけられるくらいには力差があるってことだもんな。

厄介な……。

「じゃあ魔術協会にも気をつけろっていう忠告か？　これは」

「いいや。もうちょい根深いぞ。王都騎士団も今回の件から一時的にだが手を引いてる」

「王都騎士団が!?」

王都騎士団が動いた理由はロイグだ。

このまま行くとロイグは騎士団の汚点になるし、自らの手でと考えたのだろう。

だがあの組織が動きを止めたというのは……。

あれは文字通り国が直接関わる組織。魔術協会が圧力をかけられるのか……？

「おそらくだが、フェイドたちが直接王都騎士団に交渉に出向いた。何かしら利害が一致し、休戦状態となり、その後魔術協会が動いてる。じゃねえといくら魔術協会でもいきなり王都騎士団に圧力はかけねえとは思う」

もっともミレオロなら何をしでかすかわからないとは付け加えていたが。

そもそもギルドも国をまたぐ相当大きな組織なのだ。そこに影響を与えられていることだけでおかしい。

「要するに俺たちは今後王都騎士団にも魔術協会にも警戒が必要ってことか……？」

「そういうこった。もっと言うと、ミレオロに気をつけろ」

「ミレオロ……か」

不死殺し（アンデッドキラー）というくらいだからまあ、俺と相性が悪い感じはとてもする。

「アンデッドに特化してるってことは、聖属性の使い手なのか？」

「いいや。あいつは純粋な魔法使いだ。特化もクソもねえ。ただただ強い」

「ギレンがそこまで言うのか……」

「正直、フェイドたちにまだお前がいた頃で考えても、あのパーティーなんざ一瞬で壊滅させられる力があるぞ」

「そこまで……？」

あれで一応俺たちはSランクパーティーだったのに……。

「弱点属性に特化してるわけじゃないのにそんな異名がついてるって、相当だな」

底しれぬ実力に戸惑う俺に、ミルムが口を開いた。

「アンデッド……特にヴァンパイアにとって聖属性かどうかなんて、正直あまり意味がないわよ」

「どういうことだ？」

アンデッド対策には聖属性。

これは冒険者の常識だったはずだが……。

俺の理解が追いついていなかったのでミルムが聖属性とアンデッドの関係を補足してくれる。

「例えばだけど、貴方は水に沈められたらどうなるかしら？」

「どうって……そりゃ息が出来なくて……死ぬだろ？」

「私たち不死と呼ばれる者たちにとって、聖属性の魔法はそういうもの」

ここまでの話は理解出来る。というかこれは俺の認識でもあった。

だからこそ、アンデッド退治は聖職者が呼ばれるのだから。

だがミルムの言葉はそこで終わらない。

「じゃあそうね……貴方が水底のダンジョンに行くことになったら、どうするかしら？」

「そのためのスキルか魔道具を準備して臨むだろうな」

「それと同じ。死なないための対策はするわ」

「対策……」

ミルムが改めて、アンデッドの王たる所以(ゆえん)を説明する。

「知能のあるアンデッドで、聖属性の対策をしていないものなんていない」

なるほど……。

いやそうか。そもそも対策を講じられるようなアンデッドとの戦いを想定していなかった。

アールが敵だった時、古代竜ですらその知能はなかったのだから。

「不死と言っても生物であることに変わりはない。弱点はお互い可能な限り対策を講じ合うのだから、最終的には持っているエネルギーの総量のぶつかり合いでしかないわ」

「そうか……」

だからヴァンパイアは強いのか。

その持っているエネルギーの総量が、明らかに人のそれよりも高いから。

「そもそも貴方、あの時ドラゴンゾンビをどうやって倒したか忘れたのかしら」

「ああ！　そういえばそうだな」

【夜の王】の力で、エネルギーで押し通したんだった。

　と、そこでギレンが口を挟んだ。

「要するにあいつ――ミレオロは、無尽蔵と言われるエルフやヴァンパイアを凌ぐほどの魔力を、人の身でありながら持ち合わせる化けもんだ」

　ギレンをして化け物と言わしめるだけの存在なのか……。

　そんなギレンを見てミルムが尋ねる。

「貴方、現役時代にその女となにかあったのかしら？」

「ああ⁉　ねえよ！　なんもねえ！」

「嘘ね……」

「嘘だな……」

「嘘ですね……」

　ミルムの口撃は想像以上の効果をもたらしていた。

「そういやギレンの過去の話、あんまり聞いたことがないんだよな」

「話すようなこともねえよ。Sランク冒険者だったのは知ってんだろ」

「普通はSランク冒険者って、話すようなことしかないんだけどな……」

　ギルドマスターにまでなるような男なのだ。只者ではないことは間違いない。

ないのだが、それ以外の情報もあまり明かさない男だった。

　なんとか話を変えようと頭をかいて考え込むギレンのもとに、新たな刺客が現れていた。

「あら。マスターとミレオロさんのお話ですか？」

お茶のお代わりを持ってきてくれたニィナさんだった。

「ニィナ!?」

「ふふ。まあ確かに大した話じゃないですが、二人とも現役がかぶっていたので色々あった、とは伺っていますね」

「それ以上言うなよ？」

珍しく悪戯っぽく笑うニィナさん。ギレンをからかえるのが楽しいんだろうな。

「まあまあ。私はこれで失礼しますが、皆さんで聞いてみてください」

「ったく余計なことを……」

ニィナさんを見送り、持ってきてくれていた紅茶にギレンが口をつける。

「恋仲だったのかしら？」

「ぶほっ!? おい嬢ちゃん勘弁してくれ」

「なるほど……となると……」

「やめろやめろ。ったく……ミレオロはな、当時の冒険者たちからすりゃ高嶺の花、憧れの的だったんだよ」

諦めたようにギレンが話し始めた。

「美人だったのね」

「そりゃもう……な。で、当時の俺らはあのバケモンの正体を知らねえ。何人も上位の冒険者や実力者があいつのところに行ったが、結果はお前らが思ってるより最悪だぞ？　聞くか？」

ここまで聞いて終わりというのも締まりが悪いだろう。

ミルムとアイルに同意を取り、先を促した。

「あいつは言い寄ってきた男たちの誘いを全部受けた」

「全部？」

確かにそれは最悪かもしれないが……。

「それだけで終わりというわけではなさそうね？」

ミルムも同じ考えだったようだ。

「そうだな……男たちは皆喜んであいつについて行った。だが、無事帰ってこれたのはごく僅かだ」

「どういうことだ？」

「表向き、精魂尽きるまで搾り取られただなんだと言われてるが、あいつはサキュバスとかじゃあねえ。正真正銘人間だ。そしてなにより、実験中毒の狂った女だ」

「それって……」

アイルがその真意を悟って顔を青くしていた。

「そういうこった。もともとアンデッドを好んで狩ってたのも、その実験のためだ。ミルムの嬢ちゃんの同胞も……」

言いづらそうに言葉をつまらせたギレンに、ミルムはこう答えた。

「そんな文字通り化け物に恋してしまった悲しい過去があったのね」

「うるせえ！」

いまのが暗くなりかけた空気を和ませるためのものかどうかはわからないが、とりあえずミルムのおかげでいつもの調子にはすぐ戻ってこられた。

「あいつが一枚噛んでるってこたあ十中八九狙いはヴァンパイアだ。そして、あのパーティーだけでヴァンパイア狩りが出来るかどうかはミレオロも疑問視してるだろう。気をつけろ。あのパーティーと出会ったらつまり、ミレオロがいるってことだ」

「面白いじゃない」

「大丈夫かよ……」

不死殺し（アンデッドキラー）の異名を持つ相手にミルムをぶつけたくはない。

とはいえミルムより強い味方もいない。

せめて一人ではなく、俺たちパーティーとして対峙出来るようにだけ気をつけたいところだった。

「というわけだ。辺境伯様から聞いてると思うが、竜の墓場に異変がある。自然発生的なもんならいいんだが、俺はこの件になんかしらの形でミレオロが噛んでると予想してる。油断するなよ？」

「ああ」

ギレンから話を聞いておけてよかった。
気を引き締めて、俺たちは再び竜の墓場を目指すことになった。

十五話　狂気

「馬鹿ねあんタたち。知能のあるアンデッドで、聖属性の対策をシてない馬鹿なんているはずないじゃァない」

フェイド、クエラ、メイルの三人は、アンデッド最強種であるヴァンパイアを生け捕りにするため、不死殺し（アンデッドキラー）のミレオロにその極意を尋ねていた。

「ですがアンデッドには聖属性……！　聖女である私の力であれば……」

真っ向から否定されたところに、おそるおそるだがクエラが食い下がる。

彼女にとって自分が活躍出来る唯一の場がそこなのだ。ここは譲れない思いがあった。

「あァ？」

「ひっ……」

ひと睨みで身をすくめるしかなくなるクエラだったが、なんとか目線だけはそらさずにいた。

「あんた、なんか勘違いしてるんじゃァないかぃ？」

「勘違い……？」

「アンデッドなんて言ったたって、所詮生物はエネルギーの塊。自身が持つエネルギーがゼロになれば、不死でも死ぬわァ」

「はぁ……」

キョトンとするクエラ。

だがフェイドはなにか察したようだった。

「対策があろうがなかろうが……それを超えるエネルギーをぶつければいいということか」

「少しは頭が回るようになったかしらァ？　使えない勇者候補ちゃんダけど」

ミレオロを前にすれば元Sランクパーティーもその実力差を前に何も口が出せなくなる。

二人がギリギリミレオロに相手をしてもらえるのはひとえに、ミレオロの後ろに控えるメイルのおかげだった。

「アンデッドを超えるエネルギーをぶつければいい……人間にとってそのエネルギーが無限に見えるから、不死と呼ばれているだけ。実際には有限」

「そうそう。メイルはよくわかってルわァ」

楽しそうにメイルを撫でるミレオロと、鬱陶しそうにそれを受け止めるメイル。

「……これ、本当に役に立つ？」

メイルが手にしていたのは中身が空洞になった棒状の魔道具だ。

短杖程度のサイズで、そのままでも魔法使いの杖のようには見える。

実際ミレオロがつくっているだけあり、魔法効率が非常に高い杖としても使える一品ではあったが、それだけならこんな構造にはしないことは明らかだ。

「あら。あたしを信じてないのかァしら？　メイル」

「信頼はしていない」

きっぱり宣言するメイル。

「でも、その技術は信用する。だから聞いてる」

その言葉に楽しそうに口元を歪ませてミレオロがこう答えていた。

「ふゥん。いいわ。その魔道具の製作過程はそっちに転がしてアるわ。貴方なら見ればわかるでショう？」

「ん……」

二人の間にある不思議な空気を、フェイドは何故か懐かしいものを見るように眺めていた。二人にしかわからない繋がりがあるのだろうと考えながら。

メイルが動く。

部屋には無数の、見る人によってはガラクタにしか見えないものが所狭しと並んでいるせいでメイルも困惑していた。

もっとも見る人が見ればそのガラクタのように積み上げられたものの中には、国が動くような代物まで含まれているのだが……。

「あァ……もっと右よ」

「汚すぎる……」

「あらァ。貴方に言われたくはないのだけど？」

「あった……これ……」

目的のものを見つけてメイルがしゃがみ込み、そして……。

「これ……は……」

「気がついたかしラ？」

普段物静かで表情に変化のない彼女が、驚愕の色に表情を染めていた。

「どうしたんだメイル？」

「ちょうどいいじゃァない。馬鹿にもわかるように説明してあげたラどうかしら？」

「ん……」

ミレオロに促され、魔道具を持って立ち上がったメイルが話を始めた。

「簡単に言えば、この筒状の魔道具に放たれた魔力はすべて、どんな属性でも、内部でエネルギーに変換される」

「どういうことだ……？」

メイルの説明に戸惑うフェイド。

メイルは淡々と説明を続けた。

「火の魔法が放たれれば、中で微量の雷のエネルギーとぶつかり爆発を起こす。水のエネルギーなら熱による気化で爆発的なエネルギーを生む。土や風でも、内部でより強力なエネルギーを生み出すために勝手に使われる」

メイルの追加説明でもピンと来ていないフェイドたちに向けて、ミレオロが補足する。

「最強種ってのはねェ、どいつもこいつも馬鹿みたいにエネルギーを持ってるのサ。あたしもそれなりだが、そもそものスペックが違う。龍ナんて生まれたときからいまのあたしよりエネルギー量は多いんだ。そいつラに対抗するには何をすればいい？」

ミレオロの問いに考え込む二人。

先に顔を上げたのはクエラだった。

「相手のエネルギーを利用する……でしょうか」

「流石のあんたも理解したァようだね」

ホッと息をつくクエラの横でフェイドが叫ぶ。

「待て！　そんなこと本当に可能なのか……!?　さっきは確かに相性は対策で消せることを知ったが、エネルギーは外に出た時点で別物になるのだろう!?　だったらそんな万物から相手のエネルギーを回収することなんて……」

「へェ。あんた、賢くなったじゃァない」

初めて感心した表情でフェイドを見たミレオロ。

「もちろん純粋なエネルギーとしてみた時、回収したものは相手が放つものよりも少なクなるさね」

ミレオロが得意げに、楽しそうに続ける。

その表情はミレオロの気分が高まれば高まるほど、恐ろしいものへと歪んでいく。

「だからメイルが言ったように中でエネルギーを膨らませるのサ」

「本来なら、何をしたってエネルギーが増えることはない。使えばすり減る」

「そう。だからあたしは少しばかり研究をしたのサ」

「研究……？」

得意げに笑うだけで答える気のないミレオロ。

そんな様子をみてイラつくフェイドはメイルのもとへ視線を送った。

「エネルギーを生み出すのは、いつだって生物……」

「まさか……」

先に気づいたのはクエラだった。

「最高級品をいレてやッたからねェ。あんたらがしっかりやるってんなら、それはメイル、あんたにあげるわ」

「最高級品って……」

遅れて気づいたフェイドが固まる。

メイルが震えながら口を開いた。

「エルフが……何人ものエルフが、この魔道具に封じられている」

三人がついに、ミレオロの狂気に触れた瞬間だった。

十六話　再び竜の墓場へ

「ここからだとあの時と変化がないように見えるんだけどな……」

竜の墓場の上空。

アールにとってのある意味生まれ故郷にやってきた。

「これが……我々騎士団が目指していた……」

アイルが感慨深そうにつぶやく。

「アールはいまじゃこんな感じだけど、古代竜としてはここからあの木までが全長って感じだったぞ」

「なっ!?　それは流石に……いえでも……確かにそのライン上に不自然な跡が……」

アイルにそんな説明をしながらアールに指示を飛ばして降り立ってもらう。

竜の墓場は、古代竜が横たわっていた場所の周囲は草木ひとつない灰色の荒れ地が広がっている。

その周囲は森だ。

降り立って初めて俺はその異変に気づいた。

「今更気がついたのかしら……瘴気の質があのときとはまるで違ったじゃない」

ミルムはわかっていたようだが、当たり前のように言われても俺に瘴気の違いなんてわからない。

「貴方もそのうち見えるようになるわ」

「そもそも私にとって瘴気に質などがあることすら新事実でした」

「安心しろアイル。俺もだ」

のんびりとした話が出来たのはここまでだった。

「これは貴方たちも気づいたようね」

ミルムの目が金色に輝きを放つ。

臨戦態勢に入っていた。

と同時に身体が押しつぶされる程の強烈なプレッシャーを受けた。

「ぐ……なんて重いプレッシャー……なんですかこれは!?」

アイルが武器に手をかけたまま、そこで動けなくなっていた。

「これは……」

「あの時の貴方と同じじね」

俺はかろうじて動けているが、アイルは呼吸すらままならなくなっている。

「なら……」

――【竜の威光】

「はっ！　今のは……」

「大丈夫か？」

「はい……ですがこれは……」

俺のスキルで周囲にかかるプレッシャーを跳ね返した。

だがスキルでぶつかったがゆえに、相手との圧倒的な力量差もまた、わかってしまった。

「とにかくいつでも動けるようにしておけ」

「はい！」

すぐに【宵闇の棺】からレイとエースも喚び出す。

アールもすでに臨戦態勢だ。

だがそのプレッシャーの主と相まみえる前に、次の異変が起こった。

「きゃあああああああ」

「悲鳴!?　それも……森の中から!?」

明らかにこのプレッシャーの主ではないものが原因だ。方向が違う。

「行きなさい。ここは私が引き受けるわ」

「でも……！」

アイルが食い下がるがミルムが突き放すようにこういった。

「貴方たちじゃ、足手まといよ」

ミルムの真意はわからない。

だが古代竜、アールと戦っていた時を思えば俺でも足手まといになることは十分あり得るんだ。

正直アイルだとなおさら、そうなる可能性はある。

そうじゃなくてもミルムがわざわざ行けと言ったということは、俺たちが向かう先にもなにかあるということだ。

「アイル、行くぞ！」

「え、ランド殿!?　本当にいいんですか!?」

「ミルムがいいって言ったんだ。大丈夫」

俺はミルムを信じている。

「ミルム」

「ええ。ありがとう」

使い魔を置いていくことにした。

俺たちは守るべき対象になるが、使い魔はそうではない。

一定以上のダメージを負えば俺に伝わるし、そうなる前に【宵闇の棺】で俺がこっちに喚び出してしまえばいい。

レイたちを素直に受け取った事を考えると、やっぱりあの相手は只者じゃない。

「ミレオロ……ってやつか」

「だったらなおさら！」

「あっちはあっちで、俺は俺でやらないといけないことがあるんだ」

ミレオロが現れたのだとすれば、あいつらがいる。

「フェイド……！」

ここまでの事態になっているんだ。俺が、あいつらを連れて帰る。

責任を取って、それで、あいつだってまた、冒険者の夢をもう一度追いかけ直せばいい。

俺はやっぱり、あいつを、殺されかけてなお、恨みきれていなかった。

十七話　デュラハン【元パーティー視点】

「きゃあああああああ」

「どうしたクエラ！」

声をかけたフェイドの前には……。

「あれは……ロイグ！」

首のない、それでも見間違いようのない、元仲間の変わり果てた姿があった。

もともと大柄だったロイグが、生前よりも更に大きくなっていた。そのサイズは首がないのに見上げるほどにまで達している。

だがもうこれをロイグと呼ぶのは、フェイドだけだったらしい。

「ぐっ……違う……もう……あれは」

メイルは息を切らしながらフェイドたちの後ろに入る。

「メイル……？」

フェイドたちには見えていなかったが、メイルはすでにロイグ、いやデュラハンに、その巨体が誇る拳の一撃を腹に入れられていた。

「死に招かれる者……」

クエラがつぶやく。

フェイドがその意味を確認しようとした瞬間、信じられない光景が広がった。

「なっ!?」

「かはっ……」

「メイル……！」

一瞬で、まるで最初からそこにいたかのように、巨体のデュラハンがメイルの目の前に現れ、その拳を振り上げ、メイルの身体を吹き飛ばしたのだ。

「大丈夫か!?」

「がはっ……げほ……」

ダメージを負ったメイルの心配以上に、フェイドは目の前の脅威に目を奪われていた。

「見えなかった……」

「メイルさん！　ヒール！」

クエラが必死に回復をかけると、デュラハンの姿がまたすっと消える。

「あれは一体……」

フェイドの疑問にメイルが答える。

だがそのダメージの深さは、普段無表情のメイルが苦悶の表情を浮かべていることから窺えた。

「デュラハンは……死の匂いに反応……する」

「死の匂いって……」

「だめです！　喋っていてはいつまでも――」

クエラがメイルに回復に専念するように促そうとした矢先、再びデュラハンが姿を現した。

――ガンッ

「やっぱりこれ！　瞬間移動かなにかか!?」

メイルにとって三度目の襲撃は、かろうじてパーティーリーダーのフェイドが防いでいた。

「デュラハンは死に近づくもののもとへ訪れ、自ら引導を渡す……そうですよね？」

「ん……」

デュラハンの特性はクエラの説明したとおり、死の匂いを嗅ぎつけ、どこにいても必ず、その対象に引導を渡す、そういったものだ。

「デュラハンに目をつけられれば、どこに逃げたってもう……死ぬまで……追い回される」

「なんでメイルが狙われてるんだ!?」

そしてデュラハンはその見た目に反してゴーストと同じ性質も持つ。

姿を隠し、物体を透過し、突然対象の目の前に現れることが出来る。

いままさに、メイルにそうしているように。

『コロす……ころ……許さなイ……コろス……殺す』

フェイドはここにきてようやく、目の前にいる存在がもう、かつての仲間ではないことを理解した。

目の前にいるのはデュラハン。

アンデッドでもっとも厄介な魔物の一つ。

その討伐難度は……Sランクパーティー三つを用意して当たるべき化け物だった。

――ガキンッ

「くっ!?　これじゃ防ぎきれない……ジリ貧だぞ!?」

「アンデッドには聖属性……対策をされていたって、効かないことはないはず！」

クエラが祈りを捧げる。

彼女の周囲に光がちりばめられたように輝き始める。

『ぐぅ……』

「効いた!?」

姿を隠し、メイルのもとへ忍び寄ろうとしていたデュラハンが一度距離を置いた。

「私を狙うなら……私がなんとかする」

メイルの周囲に無数の魔法陣が一瞬にして展開されている。

ミレオロから譲り受けた魔道具は物理主体のデュラハンには使えない。これはあくまで、この試練を乗り越えた上で使えるもの。

すなわちヴァンパイアであるミルムを捕まえるために使えると……そう、メイルは考えていた。

「私をあまり……舐めるな」

珍しく感情を露わにして、過剰と思えるほどの魔法を周囲に展開するメイル。

普段は見せないその様子にフェイドとクエラが驚いていると、再びデュラハンがその姿を見せた。

「後ろだ！」

「わかってる！　エンシェント……ホーリーファイア」

聖炎魔法。複合魔法にして、火炎系最強の威力を誇る最上級魔法。

メイルはこれまで、相手によって複雑な術式を展開することで最小限の力で相手を圧倒してきた。

そのメイルが、安直ともいえる最上位魔法を選んだことにフェイドとクエラは少なからず驚いていた。

『ぐ……ぅあ……』

「そのまま……燃えて」

対象を燃やし尽くすまで消えない炎。

聖属性が付与されたことで、使える知能がほとんど残っていないアンデッドであるデュラハンへは有効な一撃に見えた。

だが。

「なっ」

『ぐぁあああああああああ』

「メイルさん!?」

いつの間にか、炎に包まれていたはずのデュラハンが無傷でメイルの前に現れ、その巨大な剣を振り下ろさんとしていた。

「舐めないでと……言ったはず」

メイルの周囲を囲い込むように土魔法による防壁が幾重にも展開される。

デュラハンが振り下ろそうとした剣も、逆に突如現れた土壁の展開スピードに負けて弾き飛ばされていた。

「このまま……土壁で囲む！」

火葬でだめなら土葬。

メイルがここまで本気を見せることはなかなかない。

それだけに、フェイドもクエラも油断していた。

みるみるデュラハンの周囲に土壁が幾重にも展開されていく。

完全に周囲を囲み……。

「さよなら」

一気にメイルはその土壁を畳む。

終わったと、確信を持てるだけの感触があった。

だが……。

「瘴気が……」

メイルが畳み掛けた土壁の、その僅かな隙間からは絶え間なく瘴気が流れ続けていた。

つまり……まだデュラハンは生きている。

「クエラ！」

一瞬対応が遅れたが、ここで仕留めるべきだと判断したフェイドがクエラに聖魔法の指示を出す。

自身はメイルのもとにいつデュラハンが現れてもいいように守りに入る。

油断なく、誰もが襲撃を警戒した。

だが……。

「かっ……なん……で……」

メイルの前には再び、無傷のデュラハンが現れ、その大剣をメイルの小さな身体に向けて突き出していた。

「馬鹿な……」

「メイルさんっ!?　ヒールを！」

フェイドもクエラも、そして当事者であるメイルも、一切反応出来なかった。

デュラハンの、いやロイグが使っていたあの大剣が、メイルの腹部に突き刺さる。いや、正確にはその剣はメイルの身体には到達しなかった。

――カン

音を立ててメイルがミレオロから譲り受けていたあの魔道具が落ちた。

ロイグの大剣を止めたそれは、その衝撃に耐えかねるようにバラバラになって砕け散る。

生命は救われた。

だが、メイルの中の何かが、この瞬間に失われた。

「どう……して……」

――ガン

鈍い音を立て、デュラハンの大剣とフェイドの剣がぶつかり合う。

「ぐっ……力比べじゃやはり厳しい……メイル！　何か魔法を」

だが、フェイドの言葉はメイルに届かない。

「メイルさん……？」

メイルは焦点の合わない表情でぶつぶつとこう言うだけだった。

「だめ……だめ……かてない……だめ……しぬ……」

デュラハンがメイルを執拗に狙った理由は、ミレオロが渡したあの魔道具にあった。

大量のエルフの死の気配を、常にメイルは放ち続けていたのだ。

ミレオロの意図についに気づけないまま、最悪の結末を迎えようとしていた。

いまメイルは、真の意味でデュラハンのターゲットになってしまったのだ。

死の恐怖に正気を失ったものは……アンデッドの、デュラハンの最高の好物だった。

「メイル！　しっかりしてくれ！」

自分のことで手一杯のフェイドが叫ぶ。

だがメイルが正気を失ったのも仕方がないことだった。

アンデッドを専門に対応する可能性を持っていた聖女候補のクエラは、そのことにそこで初めて気づく。

「まさか……メイルさんは、ずっと狙われてた……？」

自分たちが知らないところで一撃を食らっていたことは、傷の手当てをしながらクエラも感づいていた。

だが……。

「ずっと……こんな化け物と一人で!?」

デュラハンの襲撃は今日この場限りのものではなかったのだ。

治療を続けながらもフェイドとデュラハンの撃ち合いを横目に眺めるクエラ。

デュラハンのベースであるロイグの強さも、その背中をずっと見てきていただけによく分かる。

そしてそれが更に強化されたデュラハンと互角に打ち合うフェイドの強さも……。

二人は間違いなく、その実力だけは疑いようもないのだ。

そんなロイグが、デュラハンになって、常に自分を追いかけ回すことを想像する。

「今までずっと……」

メイルは自分に起きていたことを決して人に打ち明けなかった。

クエラだからこそ気づけた。

もうずっと、メイルはこんな化け物と戦い続けていたのだ。

「だめ……もう……だめ……」

メイルはミレオロにあの魔道具を受け取った日の夜、夢を見た。

自分が何処(どこ)かに連れ去られる、強力な何者かに襲われる、醒めない悪夢に苛まれてはじめて、メイルは気付く。それが夢ではないことに。

デュラハンは死の匂いに敏感だ。

そしてわずかに自我の残るロイグが、フェイドたちに対する執着を見せていた。

それらが合わさり、メイルのもとに届いたのだ。

――死を招く者が

クエラがカタカタと震えるメイルの肩を抱く。

仮に自分がデュラハンの刃の餌食になっても、それでも守り抜こうという、聖女候補の意地にも似た慈愛の精神を体現していた。

防御に徹すればきっと、メイルはデュラハンの攻撃を躱すことが出来ていたのだろう。

だが狙われてからは夜も、一人の時間も、いつだって命を狙われ続けている恐怖と戦ってきたのだ。

メイルを支えていたのはおそらく、戦えば勝てるだろうという、矜持だけだった。

それがたった今、崩れ去った。

「くそ……俺じゃあもうこいつを止められない……！」

もはや長くはもたないであろう鍔迫り合いの最中、フェイドはなぜか、昔のことを思い出していた。

十八話　フェイドとランド【フェイド視点】

「すげー！　またランドだ！」

「これで何連勝だよあいつ……」

「才能あるやつってやっぱちげえよなあ……」

くそっ……。

地べたに転がる俺は息も絶え絶えだというのに、あいつは、ランドは息ひとつ切らさずに皆にもてはやされていた。

「あっちはダメだな……」

「フェイドだっけ？　全然才能がないよなぁ……」

「何回もランドにやられてんのに、だっせー」

好き勝手言ってくれる……。

そこまでいうなら自分たちで一度、ランドに勝ってみてほしい。

天才神童、ランドを相手に。

だが……。

「勝てない……」

知識でも剣でも、ランドは同世代を圧倒していた。

街の誇りとすら言われたランドに、俺は何ひとつ、勝つことが出来なかった。

そんな俺にランドが近づいてくる。

「フェイド？　いつもありがとね」

「は？」

「いや……フェイドが本気でぶつかってきてくれるから、俺は強くなってるんだと思う」

こいつ……。

差し出された手を取って立ち上がる。

「もう一回やる？」

「勘弁してくれ……」

けろっとした表情で言ってくるが、こっちはさっきので満身創痍（まんしんそうい）なんだ。

なんでこいつはこんなに……。

そう思ったとき、何故か不思議と、こんな言葉が口をついて出てきていた。

「なぁ」

「うん？」

「お前がいつも何してるのか、どうやって強くなったのか、俺にも教えてくれ」

ランドは少し驚いた顔をして、ポリポリと頬をかいてこう言った。

「いいよ」

「はぁ……はぁ……嘘、だろ？」

「あはは……でも付いてきてくれるの、フェイドが初めてだよ」

次の日、ランドに言われて街外れの森の入り口で落ち合い、ここまで半日ランドの日課に付き合った。

「これを……お前は、まだ倍やるのか？」

「うん。これで三分の一かな？」

「なっ……」

走り込み、素振りに始まり、様々な訓練に付き合った結果、すでに俺は身体が持ち上がらず地面に倒れている。

森の一角はいつのまにかランドのトレーニングスペースに改造されていたようだ。

「フェイドはちょっと休んでてよ。もう少しやってくるから」

「くっ……」

待てと言おうとも思った。

必死で食らいつこうとも考えた。

だが俺は……。

「頑張れよ」

「うん！　ありがとう」

そう言って送り出してしまった。

もしこの時俺が死ぬ気であいつについていっていたら……。

もしこの時俺があいつを引き止めてでも追いつこうとしていたら……。

何かが、変わっていたかもしれない。

◇◇◇

あれから数年。

俺はあいつがやっているトレーニングの量に追いつくために死に物狂いで努力した。

周りの人間は俺の必死さに引いていたが、ランドはそれでも、涼しい顔でマイペースに鍛錬を続けていた。

差が開くばかりだと焦っていた俺は、それでもランドを目標に必死になった。

だがランドは、もう俺のことなどきっと眼中になかった。その他大勢と同じように見ていたと思う。

そんな中、一つのニュースが舞い込んだ。

「おい。ランドのやつ最近見ねえじゃねえか」

「なんか森の奥で魔物とやり合ってるらしいぞ」

「は!? まだ子どもだろ!? 大丈夫なのか……」

「いやぁ、なんせあのランドだからなぁ」

ランドが森に……。

それに魔物と……。

「戦い始めたのか……? もう!」

その情報が俺の何かに火をつけたようだった。

それからはさらにトレーニングの時間を増やした。

もう俺を笑うやつはいなくなった。同世代で、いや大人を含めたって、俺より強いのはランドだけだと、そう思えるくらいには、出来ることはなんでもやってきた。

そしてついに俺も、森に入る決意をした。

「いくぞ……ランド」

俺も森に、魔物と戦いに……。

意気込んで森に踏み入る。

しばらく進んでもうさぎくらいしか出ては来ない。魔物との棲み分けはある程度済んでいるようだった。

更に奥。

もうこの辺りには街に立ち寄る冒険者くらいしか入らないはずだが、まだランドの姿は見えない。

次第に獣道すらなくなった。道も自分で切り拓く必要がある。

「くっ……歩きにくい……」

はじめての街の外。

近くに出る魔物のことは調べてきたが、対応出来るかと言えば分からないのが本音だった。

平地ならともかく、こんな場所で戦闘になった時、自分がなんとか出来るか、そんな不安が頭をよぎったその時だった。

——ガサ

「っ!?」

物音が聞こえた茂みに剣を構えて身構えた。

森の中は相手の……魔物のフィールドだ。

下級のゴブリンをとっても、森の中であれば後手後手になる恐れすらある。

こちらが戦いなれている平地で、こちらも武器を構えての一騎討ちならまず負けることはない相手でも、だ。

ましてや奇襲を受ければ十分命の危険がある。

だが今回は、その危険はなかった。

「ふう……うさぎか」

ビクビクしたことがバカらしくなりながら剣を下ろした。

よく考えればこんなところでピンチに陥ることなんて、ゴブリンの巣でも突かない限り起こらない。

「よし。気を取り直そう」

少しずつでいい。

ランドだってきっと、一日で森の攻略を進めたわけじゃないはずだ。

追いつくぞ。

お前が今どんな努力をしているかわからないが、俺だって全力だ!

ランドならきっと、俺以上の、俺が考えもしなかった景色を見せてくれると、そう信じて森の奥に踏み込んでいった。

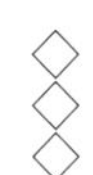

森の攻略を進めていると、ふと耳に、久しぶりの人の声が飛び込んできた。

「あはは」

ランドだ！

安心したような気持ちになる。ようやくランドのいるところまでやってきたんだ。

だがおかしい。

森の中で、こんな命の危機と隣り合わせの状況で……。

「笑ってる？」

何かにかき立てられるように、周囲の警戒もそこそこにランドの声を追いかけた。

森の一角、木々がそこだけない、少しひらけた場所で、ランドは……。

「くすぐったいよ。レイ」

獣と戯れていた。

「あれ……？　フェイド？」

声をかけられてもしばらく考えが追いつかなかった。

どうしてランドが遊んでいるんだ？

俺はあんなに全力でやってきたのに、まさかランドはここ最近ずっと……？

そもそもあの獣はなんだ？

ランドならもっと強い魔物と戦えるはずだ。

俺なんかが見たこともないような魔物と、なのに……。

「ランド。一体何を……」

またあいつは、ポリポリと頬をかいてこう言った。

「あはは。皆には言わないでね。テイマーってほら、あんまりよく思われないでしょ？」

何故……。

どうして才能に溢れたランドがテイマーなんて外れ職の真似事をしてるんだ。

どうしてランドは、ドラゴンでもないただの犬のような魔物を選んだんだ。

どうして一人で、森の中で……どうして、どうして……。

「どうして……」

「え？」

「お前はどうして！　こんなところで遊んでたのか!?　ずっと」

俺の怒りは理不尽で、自分勝手なものだった。

憧れていた、ずっと俺の先にいてくれると信じていたランドが、よりにもよってテイマーなんてものを選んだショックが、あまりにも大きくて……。

だというのに、またランドは頬をかいて……。

「あはは」

と、笑うだけだった。

あの日以来、俺はランドに追いつくためじゃなく、ランドを置き去りにするために頑張った。

それまでの努力量なんて大したことなかったと言えるほどに俺は、森で魔物を狩り、大人たちに試合を挑み、必死に、何かに取り憑かれるように鍛え続けた。

俺はいつしかランドの実力を追い抜いていた。

ランドが獣と遊んでいる間に、俺は勝てたんだと思った。

これできっとランドも、俺のことを見ると思った。もう一度ちゃんと、あの頃のようになると思った。

だから俺は街を出る時、真っ先にランドに声をかけたんだ。

「ランド！　俺も冒険者になる！　パーティーを組むぞ！」

きっと俺に負けないように努力を……そう勝手に、期待していた。

だがランドは……。

「いいよ」

それだけ気軽に言って、獣とまた戯れていた。

天才神童ランドの目には、ついに俺が映ることはなかったのだった。

フェイドの覚悟【フェイド視点】

「フェイドさん！　危ない！」

「はっ!?」

フェイドに意識が戻る。

デュラハンの刃はすでに、フェイドの喉元へと迫っていた。

「くっ!?」

とっさに身を翻して避ける。剣で攻撃をいなしながら。

その動きも……ああ。

ランドの真似事をしていたときに身に付けたものだった。

避けきれたのは良い。

だが――

「しまった……！」

感傷に浸ったせいで大事な目的を見失っていた。

デュラハンの姿がスッと消えていく。

「このままじゃ……またメイルのところに！」

次はもうフェイドも止められる位置にいない。

肝心のメイルに抵抗出来る気力はない。

そしてクエラにデュラハンの一撃に対抗する手段はない。

クエラは絶望的な表情を浮かべ、それでも気丈にメイルを抱きかかえた。

何があっても離さないという強い意志を感じさせながら。

カタカタと震えて何も出来なくなったメイルを、それでも抱きしめていた。

その様子を見たフェイドが静かに一瞬、目をつむった。

「俺は……」

思い返す。

ランドに負けたくないだけで努力してきた子ども時代を。

ランドを見返すことだけを考えてやってきた冒険者時代を。

だが……。

「俺はこんなことのために、冒険者をやってきたわけじゃない！」

「フェイドさん!?　何を……」

フェイドの目の色が変わる。

これまでを思い返して、ようやく、この段になって本当にようやく思い出したのだ。

「俺は……ランドに勝つためだけに！　冒険者を目指したんじゃねえ！」

あれから、ランドに裏切られたと思って決別したあの日から、フェイドはそれでも鍛錬を続けてきた。

周囲の大人が止めるのも聞かずに毎日森に入って、何を目指しているかもわからない、空っぽの気持ちのまま、それでももう鍛錬をやめることが出来なくなっただけの、言ってしまえば惰性で動いてきた時期すらあった。

そんな日々の中で一度だけ、ゴブリンの巣でも突かなければ危機に陥ることのない町外れの森で、フェイドはピンチに陥ったことがある。

まさにゴブリンの巣を突いてしまったのだ。

「あの時俺はもう一度、自分の生きる意味を見つけたはずだったのに」

いつしかランドへの嫉妬と憎しみに苛まれ、自らを失っていた。

そのフェイドが何のために冒険者をやってきたのか思い出した。

その心理は非常に単純なものだった。

ありがちな、子どもの夢物語だった。

自分を助けてくれた、憧れの冒険者に近づくためだった。

あの冒険者と同じように、困っている人を助けるためだったはずだ。

ランドに劣ることがわかっても、周りの子供たちが諦めて追いつくことをやめても、憧れたランドが道を外れたと思っても、それでも必死に食らいついてきたのは、本当に困っている相手を守るためだ。

小さい時に見た、自分を助けてくれた憧れの冒険者に追いつくためだ。

決してランドに追いつくためではない。

あの日自分を助けてくれたような存在になるためだ。

ここまできてもはや勇者だ何だといえたものではないことくらいわかっている。

ただそれでも、最後くらいは、
目の前で困っている仲間くらいは救いたい。

「何を!?」

クエラが驚くのも無理はない。

フェイドは今、自分の左腕を自ら切り落としたのだから。

「ぐぁあああああああ」

激痛にフェイドの身体が悲鳴を上げた。

決死の覚悟を持っての、フェイドの行動だった。

デュラハンは死に招かれる。死に対する恐怖によってターゲットとなったメイルより、自身がその死に近づけばと考えたのだ。

だがそれでも……。

「……くそ……これじゃあ……足りない……！」

死に、もっと死に近づかなければ、デュラハンの気を引けない。

「フェイドさん！」

「クエラ！　絶対回復するんじゃないぞ！」

「でも！」

クエラは食い下がるが、フェイドは回復を許さなかった。

「メイルの回復とサポートに集中しろ！　どの道こんな相手に、俺じゃ勝てねえ」

フェイドの狙いは一つ。

化け物には化け物を当てるしかない。

「ミレオロが来るまで、メイルだけは死なせるな」

メイルさえ生きていれば、ミレオロは自分たちを見捨てない。

いやもう、フェイド自身に自己保身の考えはなかった。

パーティーメンバーがせめて、無事に生き残る最適解を導き出しただけだ。

「ぐっ……」

「フェイドさん！」

フェイドの出血量が増す。

「ここまでやって……ここまでやっても！　俺は！　見て！　もらえねえのかああああああ」

叫び声がフェイドの出血を更に加速させる。

そこでようやく……。

「やっと……こっちを向いたな」

ようやく振り向いた。かつてのパーティーメンバー、ロイグであった……化け物のデュラハンが、フェイドのほうへ。

安心して力が抜けるのを感じるが、ここで終わるわけにはいかない。

デュラハンの一振りで首が飛ぶ。その覚悟をフェイドは持っていた。

最後に少しくらい時間稼ぎが出来ればと、その一心で右腕一本で剣を握り込む。

「うぉおおおおおおおおお」

「フェイドさん！」

決死の特攻。

右腕一本になったフェイドの、不細工で、型もなにもない、それでも、フェイドが人生で初めて、誰かのために本気で振るった一撃だった。

『グルゥアアアアアアア』

「がはっ……」

「フェイドさん！　そんな……」

あっけなく、フェイドはその決死の一撃ごとまとめて、デュラハンの大剣に薙ぎ払われた。

吹き飛んだフェイドをクエラが目で追うが、もはや聖女のヒールでも助からないことは明らかだった。

だがそれでも、まだ死んでいない。

「そうだ……来いよ……」

喋るのもやっとという様子で、フェイドがデュラハンを挑発する。

デュラハンは挑発には応じない。

ただ静かに、ゆっくりと、死(フェイド)に招かれて歩みを進めていった。

「少しでも長く、俺と遊んでもらわねえと……」

もう立つことも出来ない。

剣も折れた。

いや、剣を支えるための身体の、骨という骨が折れているのだ。

自分が助かることはない。むしろたったこれだけの時間稼ぎで全員が助かるだなんて、頭を空っぽにして信じられるほど楽天家ではない。

そんなことは他の誰よりも、フェイド自身がよくわかっていた。

それでも……。

「巻き込んで、悪かったな………生きろ。メイル……クエラ……」

自分の醜い嫉妬心が原因となって、ここまで付き合わせてしまった。

その責任だけはなんとしても取りたいと、その一心で、ただ静かに近づいてくるデュラハンを待った。

「ロイグ……」

フェイドのもとにたどり着いたのもやはり、パーティーリーダーのフェイドが振り回した犠牲者の一人だったかもしれない。

「やれよ。それが俺の……償いだ」

デュラハンの、ロイグの大剣が天高く掲げられる。

「フェイドさぁああああん」

クエラが泣きながら叫ぶ。

勇者候補と謳われたフェイドの最期の時が静かに、誰もいない森の中で訪れる。

そう、誰もが思った。

その時だった。

――ガンッ

「なっ……」

「大丈夫……ではなさそうだな」

「お前は……」

目の前に現れたのは、フェイドがもっとも憧れて、身勝手に、もっとも憎んだ男だった。

「ランド……」

「あとは……任せろ」

「え……」

フェイドの目に、あの時の風景が蘇る。

幼き日、森の中で自分を助けた何者かわからない冒険者。

そうだ。考えたことはある。

あの街で、あの森に駆けつける可能性がもっとも高い人間なんて……。

「お前……だったのか?」

パーティーに見えたのは錯覚か……いや……。

「使い魔……」

その瞬間すべてを理解したフェイドは、憎しみでも、嫉妬でもなく……。

「助けてくれ……俺をじゃない！　俺の……パーティーだけは！」

「ああ……」

ずっと憧れていた男の背を、知らずに守られていたあの日の男の背を、いや、それからだってずっと守られていたことは、ランドを置き去りにしたあのダンジョンで思い知ったはずだ。

フェイドを、パーティーをいつだって守っていたのは……。

「ランド……」

「強くなったな。フェイド」

認められた。

それだけで、理解した。

フェイドがずっと、自分自身が何を求めていたのかを。

「俺は……お前に認めてもらいたかっただけだったのか……」

十九話　過去と向き合うとき

駆けつけたときはギリギリ間に合ったと思った。

――だが

「ランド殿！　この傷は……！」

アイルの言葉を聞かずともわかった。
見た瞬間にわかってしまった。

――もうフェイドが助からないことは。

今生きているのは、ギリギリの気力で持たせているに過ぎない状況だった。

「あとは……任せろ」

フェイドがパーティーのために身を犠牲にして戦ったということだけはわかった。

あの時俺を餌に逃げようとしたことを思えば大きな……とても大きな変化だった。

レイを失った憎しみはもちろんあった。だが今の……片腕が落ち、全身の骨が砕け、か細く息をするだけの……ボロボロになったフェイドを見て、そこから何かをしようという気にはならなかった。

それにフェイドが戦っていた相手にも見覚えがある。

「行くぞ……！」

首のない騎士……アンデッド最強種の一角、デュラハン。

この鎧と剣は間違いなく……。

『グルゥアアアア』

「ロイグ……！」

変わり果てた姿でも、その強さが何よりもあの男の面影を示していた。

──ガンッ

大剣と俺の片手剣がかろうじて拮抗出来ているのは『超怪力』のおかげだ。

それでもデュラハンとなったロイグ相手では力比べは分が悪い。

「ランド殿！　この者が相手なら……！」

「いや、応じる相手じゃないさ」

アイルが言うのは【ネクロマンス】でなんとかなるのではないかという話だろう。

だがそうするにしてもまず、倒さないといけない。

ドラゴンゾンビがそうであったように、敵意を剝き出しにした相手を無条件に従える力ではない。

それに……。

「こいつは……ここで殺さないといけない」

ロイグに対する恨みがないと言えば嘘になる。だがフェイド同様、いやフェイド以上にもはや原形を留めない相手に何を言ったってという思いのほうが大きい。

それよりも俺は、アンデッド使いであるネクロマンサーとしてこいつを倒さないといけない使命感のようなものが芽生えていた。

フェイドはもう助からない。

生前の話ではなく、たった今、アンデッドとして人を手にかけたこいつは、ここで終わらせないといけない。

「【夜の王】」

デュラハンの特性はミルムに聞いてきた。

死に近いものを襲うらしい。

この場においてもっとも近いのは、その深淵を使いこなさねばならないネクロマンサーの俺だ。

アイルを守りつつ、自身に死の匂いを強く植え付けるために【夜の王】を展開した。

「ついてこい。お前は俺を殺したくて仕方ないだろう？」

【黒の翼】と【黒の霧】を展開して空へ飛び立つ。

「ランドさんが……空を……」

今の声はクエラか……。

メイルの様子がおかしかったのは気になったが、二人のことはフェイドが守りきったようだった。

『グルゥアア』

もはや喋ることすら出来なくなったロイグが空を舞う。

その姿はゴーストと同じく、一部はもう形をなさない魔物のそれとなっていた。

「終わらせる」

こんな姿になった元仲間を。

命をかけて仲間を守りきったフェイドのためにも。

もちろんフェイドへも、クエラやメイルへも恨みはあった。

どうしてという思いも、ずっと持っていた。

だがこいつらへの恨みは、レイが還ってきたときにはもう、俺の中で終わっていたのかもしれない。

レイ自身、あの姿になってからのほうが活躍の場が増えて喜んでいることがその気持ちに拍車をかけていた。

「だけどまあ……こいつらはなんとかしないといけない」

すでにロイグとフェイド、この二人は助からない。

だがフェイドがつないだ命はまだ、二人分残されている。

どうするかは一旦置いておくとして、見殺しに出来るような気持ちは芽生えなかった。

『グルゥアアアアア』

デュラハンとなったロイグの大剣が俺を襲う。

だが幸い物理攻撃ではもう、【黒の霧】を発動する俺に攻撃は届かない。そのおかげで出来た隙をつくことで、こちらの攻撃だけが一方的にロイグに叩き込まれる。

「そんなもんか！　ロイグ！」

『グラァアアアアアアアアアアア』

風に乗ってクエラが驚愕する声が聞こえてくる。

「あれが……ランドさん？　あのデュラハンを……圧倒するほどの力を……」

デュラハンの単調な攻撃は俺に全く届かない。

デュラハンの脅威はそのパワーと、そして何より、どこにでも現れる執着力だ。デュラハンに狙われたものは、先に精神をやられる。

いつも、どこにいても狙われる恐怖と、その驚異的な耐久力が対象の絶望を誘う。

反面、正面から戦えば攻撃は単調。

一度狙いを定めた相手が自分から近づいてくれれば、姿を隠した奇襲すら仕掛けてこなくなる。

「お前が生きたままのロイグなら、こうも簡単には行かなかっただろうけどな！」

何度も剣を叩き込む。

鎧がひしゃげる。

大剣に亀裂がはしる。

デュラハンが誇る耐久力をもってしても無限というわけではない。

このまま剣を叩き込めばいつかその活動を終える。

『グアアアアア』

「【黒の霧】」

再びロイグが剣を振るうがもう俺はそこにはいない。

「消えた!?」

下から今度はアイルの声が聞こえる。

こうも驚かれると、なんか俺も人間離れしてきてしまった感じがすごいな……。

いや集中しないと。

いくら【黒の霧】で物理攻撃が効かないとはいえ、デュラハンならそれだけで終わらないはずだ。

いやむしろ、そのためにこうして誘ったのだ。

『グルゥラアアア』

「きた！」

狙い通り、デュラハンがその身から紫がかった黒い瘴気を放出させる。

物理が効かないからと死に誘うことを諦めるような魔物ではない。

ドラゴンゾンビのときと同じ。これで大幅に相手の力は削り取れるはずだ。

もっともそのためには、この攻撃にしっかり対応出来ないといけないのだが……。

来る攻撃に備え、改めて剣を構え直した。

口から、いや口などないが、頭があればその位置だろう場所へ魔力が収束し……。

「ブレスか!?」

『グルゥラアアアアアアアアアアアアア』

「くっ!?」

剣で弾きながら身を翻して攻撃を躱す。

極大の負の力が森の上空に解き放たれた。

攻撃を躱せたのはよかったものの……。

「剣が……」

剣でいなすには少し、この攻撃は威力が高すぎたようだ。

いや、その性質によるものかもしれないが……。

「直撃しないで良かったと思うしかないか」

光に触れた部分からヒビが入り、ボロボロと腐り落ちるように刀身が失われた。

これが宵闇の、死の魔力か……。

「どうするか……」

剣がなくても戦いは出来るが、エネルギーのぶつけ合いに終始するのなら攻撃を受け流すための防具として剣はほしい。

「【夜の王】」

一旦コウモリを展開してデュラハンの動きを制しながら考える。

ふと下を見ると、フェイドと一瞬目があった。

「ん？」

その口元がかすかに動いていた。

口元の動きだけに注目する。

「持っていけ、か……」

自分で動くことが出来ないフェイドが剣を指し示した。

「ありがたく受け取らせてもらおう」

【夜の王】を操って剣を受け取る。

フェイドは何も言わずに笑っていた。

「これは……」

あのダンジョンで手に入れた、神器の一つ……。

買い取っていたのだろうか。ギルドから。

ちょうどよかった。

再びフェイドを見ると、返すとだけ、小さく口を動かして……。

「――っ!?」

フェイドが右腕を必死に動かして何かを伝えてきたのを見て、慌てて俺も身を翻す。

『グルゥアアアアアアア』

「ここからがデュラハンの本領か」

俺が【夜の王】で黒いカーテンを作って対処していた、その隙間を縫っていつの間にか眼前に迫ってきていた。まるですり抜けてくるように。

だが……。

「さっきの剣より、重いぞ？」

逆に強烈なカウンターを浴びせる。

受け取ったその剣を、振り向きざまに鞘から抜き去り一閃する。

『グッ……ァ……？』

その神器は、まばゆい輝きを放ちながらデュラハンの巨体を、その屈強な鎧ごと真っ二つにした。

だがその程度で終わる相手ではない。

「このまま畳み掛けさせてもらう！」

ないよりマシ程度の【初級剣術】を使ってデュラハンの身体を切り刻む。

神器のおかげでこんな剣術でもデュラハンはその身を徐々に失っていった。

『ぐ……ぁ……』

様子が変わる。

『て……めぇ……は……』

デュラハンに奪われていた自我への影響が少しずつ薄れたからだろうか……。

言葉が紡ぎ出されていた。

『コろ……ス……こ……ぐっ……アア……グルアアアアアア』

最期に戻った意識に本人の意思があったのかはわからない。

だがロイグとは、最期までわかり合えないことだけはわかった。

「お前が馬鹿にした犬……レイのほうがもう、お前なんかより何倍も強いぞ」

『グ……ァ……』

最後の一欠片（かけら）を切り払い、そのすべてを【夜の王】で包み込んだ。

「【ネクロマンス】」

――ロイグ（デュラハン）の能力を吸収しました
――ユニークスキル【神出鬼没】を取得しました
――ステータスが上昇しました
――使い魔のステータスが上昇しました
――ロイグ（デュラハン）は完全に消滅しました

使役するつもりもない。

ここで完全に、消滅させた。

文字通り跡形もなくなったロイグから離れ、地上に降り立った。

「ランド殿！」

地上に降り立つとアイルが駆け寄ってきてくれた。

クエラとメイルは動かなかったが声だけかけてきた。

「あの……」

クエラと目が合う。

メイルにも視線を飛ばすが、怯えるようにカタカタ震えながらクエラにすがりついていた。

元々小動物のようなところもあったが、今の姿は文字通り、怯えた小動物そのものの動きになっていた。

「ランドさん……あの……」

クエラがなにか言おうとしているが、いまはそれよりもフェイドのもとに向かうべきだろう。

それにミルムも気になる。

冷たいようだがいまクエラに付き合う時間はなかった。

「フェイド……」

「なん……だよ……」

苦しそうに顔を歪めながらフェイドと目を合わせる。

「もし望むなら……アンデッドとして意識を保たせられるぞ」

「てめえの犬になれってか？」

睨むようにこちらを見るフェイド。

「死んでもごめんだね」

フェイドの命が終わろうとしていた。

「そうか……お前の力だけ、俺がもらうぞ」

「勝手にしろ」

「無駄にはしない」

目をつむりそれを受け入れるフェイドに手をかざす。

「くそ……結局お前に、振り回されっぱなしで……はぁ……何も出来ねえ、人生だった……」

フェイドに返す言葉は俺の中になかった。

ただ黙ってフェイドと目を合わせる。

「俺もお前みたいに、なりたかった……」

やり直せるなら、俺とフェイドが並び立つ未来もあったのかもしれない。

だがもうフェイドはやり直せない。

後悔だけを抱えたように表情を曇らせ、それっきり俺たちは何も言わず静かに最期を待った。

とどめを刺してやることも、助けてやることも、フェイドは望まないだろう。

程なくして、苦しそうにしていた息が止まる。

息を引き取ってようやく穏やかな表情を浮かべた幼馴染(おさななじみ)に向けて手をかざす。

「【ネクロマンス】」

——勇者フェイドの能力を吸収しました

——エクストラスキル【特級剣術】を取得しました

——ステータスが上昇しました

——使い魔のステータスが上昇しました

「じゃあな……フェイド」

一緒に旅立ったときは、こんなことになるとは思ってもみなかった。

最後の最後に【勇者】の認定を、このスキルが与えるに至ったことすら知らずに逝ったことを含めて、皮肉な最期だったかもしれない。

「終わったのね」

「ミルム！」

傷一つない様子を見ると……。

「勝ったんだな」

「いえ……逃げられたわ」

そうきたか……。

だが相手は不死殺し(アンデッドキラー)にして最悪のヴァンパイアハンターなのだ。

いつの間にか狩る側と狩られる側が入れ替わっているところが流石だった。

「さて……」

ようやくクエラたちのほうに向かう時間が出来た。

「なんでこんなことになったんだ？」

「それは……」

ロイグがデュラハンになり、フェイドは俺が来た時点で瀕死、メイルは正気を失っている。

唯一まともなクエラに尋ねる。

「簡単なことじゃァない」

「――っ!?」

嘘だろ……。

こんな近くに来るまで気が付かないなんて……。

「貴方……あれじゃ足りなかったのかしら?」

強烈なプレッシャー。

ミルムのそれと同等か……下手をすればそれ以上。

「あらァ。確かにさっきはやらレたけれど……その足手まとい、守りながら戦えるのかしらァ?」

ミルムは表情に出さなかったものの、その言葉を受けて一瞬たじろいだ。

足手まといとして相手が、ミレオロが指差したのはアイルだったが、そこには俺も含まれると断言してもいい。

それだけ底の見えない相手だった。

「で、なんで逃げた貴方がのこのこやってきたのかしら?」

臨戦態勢のミルムが静かに対応する。

俺はとにかくミルムの邪魔にならないように、いざというときは防御に徹する準備をしながら、レイとエースをアイルのところに向かわせて守らせる。

「忘れ物を取りに来タのサ」

そう言った次の瞬間にはフェイドの亡骸が宙に浮かびあがり、ミレオロの手元に来ていた。

同時にクエラとメイルもその影響を受ける。

「え？　え？」

されるがままのメイルに対して、クエラは戸惑った様子のまま連れて行かれようとしている。

「あんたは別にどっちでもいいんだけどねェ。まあなんかに使えるダろう。連れて帰るサ」

「私は……！　もう！」

「うるサいよ」

「かはっ……」

何が起きたかわからなかったがクエラの意識がそこで途絶えたのはわかった。

「デュラハンが消えたのは残念だけど、面白いもんも手に入ったしいいわァ。勇者の抜け殻なんて、なかなかお目にかかれないじゃァない」

その様子をただ眺めることしか出来なかった。

俺が動けばおそらくミルムが俺のことを庇わざるを得ない状況が生まれる。

最大戦力であるミルムが後手に回れば、そのままパーティーの壊滅に繋がってもおかしくない。

「じゃあまた会いましょ。ヴァンパイアのお姫様ァ？」

「出来れば二度と顔を見せないでほしいわね」

「連れないことというじゃない。あんなに愛し(コロシ)あったノに」

狂っている。

だが強い。

それだけ言うとミレオロは背後に生まれた空間の切れ目に、まるで荷物を運び込むかのように二人とともに消えた。

同時にそれまで森に張り詰めていた緊張の糸が一気に切れる。

「っ！　ぷは……はぁ……はぁ……」

特にアイルはようやく呼吸が出来るようになるほどだった。

「大丈夫か」

『キュオオン』

近くにいたレイがアイルに心配そうにそのもふもふした身体を擦りつけた。

エースも後ろでおろおろ心配そうにしていた。

「すみません……大丈夫、です」

「休んでて大丈夫よ」

「面目ない……」

ひとまずアイルが落ち着いた様子を見て改めてミルムに問いかける。

「あれがミレオロか……」

「ええ。間違いなく、また戦うことになるわね」

ミルムをして倒しきれなかった相手。

それどころか、俺たちがいたのでは足手まといだった。

「強くならなきゃ……」

「そうね。貴方には頑張ってもらおうかしら」

俺が強くなればそのままその力がみんなに還元される。

そうなるとアンデッドを大量に【ネクロマンス】出来る環境がいい。そしてそれが今もっとも身近に叶えられそうなのは……。

「貴方の領地、開拓しましょうか」

「そうだな」

ミルムの考えに賛同するとアイルもその意味に気づいたらしい。

「まさか……」

あの領地を開拓する最大のメリットは、俺が大量のアンデッドを使役し、それらが強くなることで俺たちが強くなり、俺たちが強くなることでまたアンデッドたちも強くなるという、無限に続く自動経験値取得装置を構築するためだ。

「この国で唯一のアンデッドタウンが出来上がるな」

「ひぃ……」

アイルのお化け嫌いもどこかで治ると良いなと思った。

特別書き下ろしエピソード　アイルの決意

——私はただ剣を振り続けた

そうしている間だけは、嫌なことを思い出さずに済むから。

父さんは立派な領主だった。

母さんも、その父さんを支える立派な人だった。

騎士団長のアイスも、メイドのアンも、庭師のギーグも、執事のロバートもみんなこの地が好きで、この地のために尽くしていた。

そう……文字通り、死ぬまで尽くしてくれていた。

「アイル！　集中しなさい」

「……はい」

セシルム卿の注意が飛ぶ。

私は意識を戻して素振りを再開する。

「やりながらで良い。聞きなさい」

「はい」

剣を振る。

剣を振っている間は、嫌なことを考えなくて済む。

もっともそれは剣にしっかりと集中出来ていれば、だが。

さっきは完全に考え事に呑まれてしまっていた。

「アイル。お前が何を考えていたかはわかる」

「……」

「あの日のこと、そろそろお前にも話して良いだろう」

剣を振る。

一層強く。

沸き起こった嫌な気持ちを追い出すように。

「その記憶はねえ……そうやって嫌な記憶としてしまっておくべきものじゃない……君の、素晴らしい家族について語らせてくれたまえ」

「……」

「今はまだ、剣に頼って良い。だがいずれ君は、もっと大きなものとぶつかることになる。そのときにどうか思い出してくれ。君の勇敢な家族のことを」

私は剣を強く握り直す。

セシルム卿は構わず喋りだした。

私はとある辺境地の男爵家の子供として生まれた。

父は男爵として山々に囲まれた厳しい領地に冒険者を呼び込み、田舎(いなか)領主にしてはかなり安定した良い暮らしを送っていたらしい。

アルバル領は笑顔が絶えない良い領地だったという。

もっともそれは、なくなったあと、思い出話だから出てくる言葉かもしれない。

私は覚えていないからわからない。

もう何年も前のことだ。

領地はあの日、地獄になったから。

「魔物が……！　魔物が押し寄せてくるぞ！」

領地には四つのダンジョンがあった。

山岳に囲まれた特殊な地形に四つのダンジョン。しかもその全てが未開拓のダンジョンだった。

日々冒険者たちが足を運び、活気ある領地を支えたのがその四つのダンジョンだったが、領地を終わらせたのもまた、そのダンジョンたちだった。

「アイル！　お前はここを動くんじゃないぞ……」

「父さんは？　じいやはどこに……？」

「私たちは貴族としてやるべきことをする。お前はお前のやるべきことを果たせ」

「やるべき……こと？」

おぼろげに覚えている最後の父との会話だ。

しゃがみこんで、私の目線に合わせながらこんなことを言っていた。

「貴族は血縁を繋ぐ義務がある。この地が再び笑顔溢れる土地になるために、お前が出来ることを考えるんだ」

「出来る……こと」

「ふふ。ちょっと難しいかもしれないけどな」

くしゃくしゃっと私の髪を撫でて父さんが立ち上がる。

「アイル、元気でな」

「うんっ！」

その時は意味もわかっていなかった。

父が家を空けるのはいつものことだ。すぐに帰ってきて、またいつもの生活に戻ると、そう信じていた。

だが、魔物たちのスタンピードはそんなに甘くはなかった。


「おとーさーん……おかあ……さん……ぐすっ……じいや……どこ……」

気づけば辺りは滅茶苦茶になっていた。

あちこちで家屋が崩壊し、木々は燃え上がり、見たこともない魔物たちが領地を闊歩している。

私はただ泣き続けることしか出来なかった。


どれくらいそうしていただろうか。

「生存者は……諦めろ！　とにかく魔物を外に出すな！

「おおっ！」

騎士団が到着したのはもう、取り返しがつかないくらい滅茶苦茶になってからのことだった。

私はどのくらい泣いていたかわからない。

じいやが最後にくれた美味しくない非常食と、重いから嫌だと言ったのに無理やり持たされた水筒が私の命をつないでいた。

だがそれでも、幼かった私にはそこまでが限界だった。

「みんな……どこ……」

薄れゆく景色の中で、誰かが私を抱きかかえた気がした。

「あの時、君の両親や、従者たちは、勇敢に魔物に立ち向かった」

セシルム卿の声が静かに響く。

「私が着いたときにはもう、誰も残っていなかった。君を除いて」

「っ……！」

あのときはわかっていなかった。

だが今ならわかる。

私はあそこで、死にそびれたのだ。

「そんな顔をしないでくれ……」

セシルム卿が遠くを見つめた。

「君の周りにいた大人たちは、例外なくみな素晴らしい人だった」

「……はい」

だからこそ、あそこで同じように動けなかった私は……。

「君はどうだい？」

「え？」

思わず振っていた剣を止めてセシルム卿のほうを見てしまう。

「君は、彼らに誇れる自分になっているかな？」

「誇れる……自分……」

「そう……少しずつで良い。考えておくんだ」


――この地が再び笑顔溢れる土地になるために……


父の言葉が、数年ぶりに頭に響いていた。

それは父さんが最期に残した、私にとって呪いの言葉だった。

もはや、叶えられることのない願いだからだ。

私の力は無力すぎる。

それはまるで呪いのように私を縛り付けて、そこから逃れるために私はただ剣を振るっていた。

あれから何年か経った。

結局私は、セシルム卿の言ったことをあれ以上ちゃんと考えることは出来なかった。

代わりに剣を振る時間は増えた。

正式にセシルム辺境伯家の騎士団に加入し、私は剣を振り続けた。

「いつかこの地に災厄が訪れたときは、私の手で救う」

それだけが私が救われる唯一の手段だと、そう信じ切って剣を振るった。

幸いにして……というと問題だが、この領地には大きな問題があった。

――竜の墓場

最悪の場合ドラゴンゾンビが相手になるセシルム辺境伯家最大の問題。

ドラゴンゾンビの討伐ほど大きな功績であれば、女である私でもあの領地を継ぐ許可が得られるかもしれないのだ。

だがドラゴンゾンビが私が生きているうちに暴れだすとは限らない。そもそも暴れだした時、勝てるかもわからない……いや、わかっている。もし相手があの規模のドラゴンゾンビともなれば、私程度では死ぬしかないということを……。

「それでもいい」

私はドラゴンゾンビと戦って、そして死んだ時に初めて、両親に、みんなに誇れる自分になると信じていた。

だが、それすらも叶わぬ願いになった。

「喜ばしいニュースがある。なんと竜の墓場のドラゴンゾンビが討伐された……！　それもたった二人の冒険者の手によって」

心がかき乱された。

育ての親であり雇い主であるセシルム卿が喜んでいるというのに、私はどうしても素直にそれを祝うことが出来なかった。

そしてそれは騎士団員たちの多くにも共通していた。


それからの日々は、剣を振るう時間だけが増え、何のために剣を振るっているのか、何のために生きていくのかすら見失ったような錯覚の中で生きてきたようだった。

ただみんな、一心不乱に剣を振るっていた。嫌なことを頭から追い出すように、みんな……。

セシルム卿もそのことはよくわかっていたのだろう。


「アイル。こちらが話していたランド殿とミルム殿だ」

ドラゴンゾンビを討伐したという二人の冒険者を屋敷に招いていた。

二人の強さは圧巻の一言だった。

使い魔を操ることで戦うはずのテイマーが、使い魔なしですら団長を圧倒したのだ。

他の団長たちもそれぞれ簡単にやられてしまっていた。

団長たちが弱いわけではないことはよくわかっている。強すぎるのだ。二人が、そしてその使い魔一体一体が……。

「それでも……」

私が生きながらえたことに意味を持たせるには、ここで二人に挑まなくてはならないと思った。死ぬ覚悟すらしていた。なまじ団長たちより強い私なら、もしかすると加減を間違えて殺されることだってあると……。

だが実際には、私は戦いの舞台にすらあげてもらえなかった。

「アイルくんには彼らを屋敷に連れて行く道案内をしてもらいたい」

最初はもちろん不満だった。

戦って死なせてほしいとすら思っていたのだ。

だが結局、私の人生はセシルム卿のこの言葉で大きく変わった。セシルム卿がどこまで考えて私を送り込んだのかはわからないが……。

ドラゴンゾンビをたった二人で倒し、ドラゴンをただの移動のために乗りこなし、じいやとの再会を手伝ってもらい……更には……。

「アイルが良ければだけど、俺たちと一緒に来るか？」

こんな私を、受け入れてくれた。

「ついて来れば竜の墓場なんかより大物にその力、ぶつける機会もあるんじゃないかしら？　通用するかは置いておいて」

そんな言葉すら、温かく感じてしまう不思議な力が二人にはあった。


「父さん……」

ここに来て初めて、父さんの言葉も、セシルム卿の思いも、全てが理解出来た気がした。

「この地が再び笑顔溢れる土地になるために……」

呪いだったはずの言葉が、二人といると希望のように輝いて聞こえてくる。

剣を握る。

私が両親に、ロバートに、みんなに、胸を張って誇れる自分になるために……。

——私はただ剣を振り続けた

そうしている間に、誇れる自分に近づけるような気がしたから。

あとがき

お世話になっております。すかいふぁーむです。

この度は本書をお手にとっていただき誠にありがとうございます。

今回は因縁の元パーティー、そのリーダーのフェイドと、最もランドを敵視したロイグとの最終決戦編となりました。

本作はいわゆる「追放ざまぁ」という言われ方をするネット小説ジャンルの作品です。なので基本的には「ざまぁ」対象である勇者との戦いは本シリーズを通しても最大の見せ場の一つとなるのですが、WEB版では終盤の展開に賛否が別れました。半分くらいの理由は毎日少しずつ公開していくWEB特有の事情のせいかとも思うのですが……書籍としての読み応えはいかがだったでしょうか。

個人的にはフェイドは好きな部分があり、見せ場を作れたのは良かったなと思っています。

次巻では新ヒロインのアイルの活躍や、領地経営が始まりさらに大きなものに巻き込まれて、その度また規格外の強さを得ていくランドたちの様子がお楽しみいただけると思います。

さて、話が変わって……私がブリーダーの屋号を持っていて家の一室を爬虫類のための温室にしているくらいヘビを飼っているというのは前巻でお話ししてたんですが……。

前巻のあとがきで私こんなことを書いていました。

『この本の売上がなにか我が家の懐かない生き物に変わる日も来るかもしれません』

有言実行。

おかげさまで印税が著者プロフィールにも記載したケヅメリクガメというカメになりました。

いやそんな生体が高価なわけではないんですがめちゃくちゃでかくなります。多分動物園のふれあいコーナーで見たでかいカメがそれです。飼育出来るカメではゾウガメに次いででかくなります。

今はまだ手の平に乗る小ささなのですが年々大きくなっていくのを楽しみに飼い始めました。そのうちエサ代が大変なことになるんですよね……毎日抱えるほどの草を食うようになるみたいなので。あと飼育スペースも相当必要なので小屋を作る準備を進めています。

ちなみにこの子の餌は野菜のほかに野草が使えるんです。なんなら野草……というか雑草のほうが栄養的に良かったりするみたいなので、最近は散歩がてら雑草を摘む怪しい人になっています。

将来を考えて庭に雑草畑を作るという意味のわからない取り組みも始まりました。たんぽぽとかがすくすくと育っています。そろそろ寒くて枯れそうですが。

ということでそろそろカメ系の魔物とか、出てくるかもしれません。現実では世話しきれない滅茶苦茶でかいカメとか……ロマンがありますよね。

で、寿命も長く大きくなるカメなのでヘビと違って名前をつけようとしているんですが、今の所決め手に欠けてなかなか定着していません。

かめ吉と言ったりかめちーといったりけーちゃんと言ったりとカオスです。

そこで！　カメの名前を募集します！！！

ついでに作品に関する感想や要望等もお送りいただけると「ファンレターもらった！」って自慢して回るのでぜひよろしくお願いします。こっちが本音です。でもカメの名前は募集します。「ドラマＣＤを出せ！」とか「ＣＭを打て！」とか「アニメ化しろ！」とか「百巻まで出せ！」とか「面白かった」とか一言でもとても嬉しいのでぜひこちらの宛先まで。

〒１４１―００２１
東京都品川区上大崎三丁目一番一号

目黒セントラルスクエア８階
（株）アース・スターエンターテイメント
アース・スターノベル編集部
「すかいふぁーむ」係

最後になりましたが、日向あずり先生、素敵なイラストをありがとうございます。

私は実はお仕事する前から他のラノベ表紙等で見ていて「この方にヒロインを描いて欲しい！」と思っていたんですが、前巻に引き続きめちゃくちゃ可愛く描いていただき感激していました。今回はヒロインも増えて書いてよかったなとしみじみ感じております。

また、担当編集今井さんをはじめ、様々な方にお世話になりました。書き切れませんが関わっていただいた全ての方々に深くお礼申し上げます。

そして本書をお手に取っていただいた方々、続刊に至ったのは皆様の応援のおかげです。

誠にありがとうございます。

それでは、三巻でもまたお会い出来ることを願って……。

すかいふぁーむ

がココにある。

追放されたお荷物テイマー、世界唯一のネクロマンサーに覚醒する ～ありあまるその力で自由を謳歌していたらいつの間にか最強に～ 2

発行 ――― 2020年11月16日　初版第1刷発行

著者 ――― すかいふぁーむ

イラストレーター ――― 日向あずり

装丁デザイン ――― 村田慧太朗（VOLARE inc.）

発行者 ――― 幕内和博

編集 ――― 今井辰実

発行所 ――― 株式会社 アース・スター エンターテイメント
〒141-0021　東京都品川区上大崎 3-1-1
目黒セントラルスクエア　8 F
TEL：03-5795-2871
FAX：03-5795-2872
https://www.es-novel.jp/

印刷・製本 ――― 中央精版印刷株式会社

ISBN 978-4-8030-1469-3